DREAMBOOKS

DREAMBOOKS★

무적군주 로이스

ORIGINAL FANTASY STORY & ADVENTURE

오렌 판타지 장편소설

dream books
드림북스

무적군주 로이스 4

초판 1쇄 인쇄 2018년 5월 14일
초판 1쇄 발행 2018년 5월 21일

지은이 오렌
발행인 오영배
기획 박성인
책임편집 이예찬
디자인 권지연
일러스트 문필재
제작 조하늬

펴낸 곳 (주)삼양출판사 · 드림북스
주소 서울시 강북구 도봉로 173
대표 전화 02-980-2112 **팩스** 02-983-0660
편집부 전화 02-980-2116 **팩스** 02-983-8201
블로그 blog.naver.com/dreambookss
출판등록 1999년 3월 11일 제9-00046호

ISBN 979-11-283-9394-5 (04810) / 979-11-283-9390-7 (세트)

+ 이 도서의 국립중앙도서관 출판시도서목록(CIP)은 서지정보유통지원시스템홈페이지(http://seoji.nl.go.kr)와 국가자료공동목록시스템(http://www.nl.go.kr/kolisnet)에서 이용하실 수 있습니다. (CIP제어번호: 2018013888)

무적군주
로이스
4
오렌 판타지 장편소설
ORIGINAL FANTASY STORY & ADVENTURE
dream
books
드림북스

Contents

Chapter 1
봉인된 고대의 검

"쿠오오오오오!"

스켈레톤 로드가 분노의 포효를 날렸다.

"인간! 네가 여기까지 올라온 건 제법이다만 그렇다고 해서 달라질 건 없다."

그 말과 함께 그는 로이스를 향해 대검을 휘둘렀다.

쒕! 쒸잉!

섬뜩한 파공음을 내며 날아드는 대검의 공세! 로이스는 침착하게 피하며 빈틈을 노렸다.

그러나 스켈레톤 로드는 로이스가 반격할 여지를 주지 않았다.

'도무지 파고들 틈이 없군.'

본래라면 장병기인 할버드가 대검보다 더 길어야 정상이겠지만, 거대한 스켈레톤 로드의 체구에 걸맞게 대검의 길이는 로이스의 할버드보다 2배는 더 길었다.

쒸엑! 쒸에엑!

게다가 스켈레톤 로드의 공격은 마구잡이식으로 휘두르는 것이 아니라 고도의 수련을 거친 검사의 동작을 연상케 했다.

그는 로이스의 움직임을 모두 파악하고 있다는 듯 피하기 어려운 쪽으로 대검을 휘둘렀다. 심지어 그 속도도 빨랐다. 숨 쉴 틈이 없을 정도였다.

'역시 만만치 않은 녀석이었어.'

놀랍게도 스켈레톤 로드는 로이스가 지금껏 만나 봤던 마족 중 최강의 전투력을 지니고 있었다.

무엇보다 스켈레톤 로드의 무서운 점은 로이스를 상대로 조금도 방심하지 않고 있다는 것! 처음 로이스에게 하찮다 어쩐다 하며 말한 것과는 다른 모습이었다.

그러다 보니 로이스는 무기 방어 전술이 가진 자동 반격 능력을 통해 최소한의 피해만 입힐 수 있었다.

문제는 대상이 생체를 가진 존재가 아닌 언데드의 몸체를 가진 마족이다 보니 어떤 상처를 입혀도 그 즉시 아물어

버린다는 것이었다.

'꽤 까다로운 녀석이군.'

하지만 로이스의 표정에는 시종 여유가 사라지지 않았다. 어느덧 스켈레톤 로드가 공격해 오는 패턴을 대략 파악했기 때문이다.

그러다 보니 드디어 반격의 기회를 얻었다.

"스톰 크러시!"

로이스가 가진 필살기 중 하나!

이는 할버드를 통해 펼치는 강력한 기술로 전방의 모든 것을 쓸어버리는 무서운 위력을 발휘한다.

다만 보통의 몬스터들이라면 모를까, 마족과 같이 강한 존재들에게는 잘 먹히지 않는 한계가 있었다.

그럼에도 불구하고 로이스가 이 기술을 펼친 이유는 시종 수세에 몰리던 전투를 공세로 전환하기 위함이었다.

스파파파! 파파파팟—

무수한 할버드의 검영이 전방의 공간을 후려갈겼다. 순간 스켈레톤 로드가 흠칫 놀라는 듯했지만 그는 이내 대검을 빠르게 움직여 스톰 크러시의 모든 공격을 어렵지 않게 막아 냈다.

"제법이다만 이런 건 내겐 소용없는 짓이다, 인간!"

"과연 그럴까?"

로이스는 의미심장한 미소를 흘렸다. 그사이 훌쩍 앞으로 거리를 좁혀 온 로이스는 왼손에는 할버드를 쥐고, 오른손에는 검을 쥐고 있었다.

이에 스켈레톤 로드가 고개를 갸웃했다.

그로서는 지금 로이스가 취한 자세가 도무지 이해되지 않았기 때문이다.

양손 장병기인 할버드를 한 손으로 쥔 것도 모자라 다른 손으로는 검을 쥐고 있다니!

상식적으로 볼 때 저 상태로는 상대에게 위협적인 공격을 펼치기가 쉽지 않았다.

마계에서 난다 긴다 하는 장수들 중에서도 저 같은 방식으로 전투를 수행하는 이는 없었으니 말이다.

"지금 무엇을 하겠다는 것인가, 인간?"

하도 어이가 없어 스켈레톤 로드는 일순 반격을 멈추고 로이스를 향해 물었다. 그러나 바로 이 순간을 로이스가 노리고 있었음을 그가 어찌 상상이나 했겠는가.

"뭘 하긴. 바로 이거지. 절호의 일격!"

로이스는 오른손의 검을 앞으로 휘두르며 돌진했다.

휙!

번개처럼 앞으로 쏘아져 나간 로이스의 검이 스켈레톤 로드의 가슴을 노리는 순간 그것은 이내 거대한 대검의 날에 가로막혔다.

카앙!

그렇게 가볍게 로이스의 공격을 막아 낸 스켈레톤 로드는 지체 없이 로이스의 목을 향해 대검을 휘둘렀다.

"크크, 어리석은 놈! 그따위 허접한 습격이 내게 통할 줄 알았느냐?"

그로서는 로이스가 전의를 상실해 자살을 하겠다는 것으로밖에 보이지 않았다.

방금 전의 일격은 방어를 도외시한 것으로 실패 시 상대에게 약점이 그대로 노출되어 무조건 죽을 수밖에 없기 때문이다.

휭!

그런데 스켈레톤 로드의 대검은 로이스의 목이 아닌 빈 공간을 가르고 말았다.

또한 방금 전까지 앞에서 기괴한 미소를 짓고 있던 로이스의 모습이 마치 환영처럼 사라졌다.

'아뿔싸!'

그제야 뭔가 이상함을 느낀 스켈레톤 로드는 서둘러 로이스의 행적을 찾았다.

그러나 그때는 이미 늦었으니.

파악!

흑색의 짙은 오러에 휩싸인 로이스의 할버드가 스켈레톤 로드의 뒤통수를 사정없이 후려갈겼다.

콰아아아앙!

스켈레톤 로드의 두개골이 그대로 박살 났다. 마치 폭약이라도 폭발한 듯 두개골은 산산조각이 났고 이내 먼지가 되어 쏟아져 내렸다.

이 모든 일은 눈 깜짝할 사이에 벌어진 일.

로이스는 스켈레톤 로드의 두개골을 박살 낸 할버드를 오연히 쳐든 채 싸늘히 웃고 있었다.

'과연 절호의 일격이군.'

그림자 스승에게 배운 절호의 일격이 진가를 발휘한 것이다.

물론 그 기술만으로는 스켈레톤 로드에게 큰 타격을 입히기 불가능한 상황이었다.

한 손 검 전술의 단계도 낮을 뿐 아니라 검 자체의 위력도 평범했기 때문이다.

그래서 절호의 일격은 스켈레톤 로드를 속이고 그의 뒤쪽으로 접근하기 위한 용도면 충분했다.

그 즉시 오른손의 검을 내던진 후 그대로 할버드의 창대를 잡아 양손으로 힘껏 스켈레톤 로드의 두개골을 내리친 것이었다.

스켈레톤 로드가 가진 힘의 근원은 다른 마족들과 달리 두개골에 위치해 있었기에, 바로 이 일격으로 승부가 났다.

[미스토스의 은총이 당신의 노력에 대한 보상을 줍니다.]

[당신의 한 손 검 기술인 절호의 일격을 더욱 능숙하게 펼칠 수 있게 되었습니다.]

[한 손 검 기술인 절호의 일격이 2단계가 되었습니다.]

[한 손 검 기술인 절호의 일격이 3단계가 되었습니다.]

……

[한 손 검 기술인 절호의 일격이 7단계가 되었습니다.]

"오오!"

놀랍게도 절호의 일격 단계가 대거 상승해 7단계가 되었다.

덕분에 그만큼 시전 거리가 늘어났을 뿐 아니라 분신이 가진 공격력도 대폭 증가했다.

동시에 투명화 상태에서의 이동 속도가 더욱 빨라졌고,

그 지속 시간도 늘어났다.

'역시 강적과 전투를 벌일 때 기술을 쓰면 단계가 많이 오르는구나.'

로이스는 흡족한 미소를 지었다. 그러다 일순 고개를 갸웃했다.

'그런데 왜 레벨은 안 오른 거지?'

한 손 검 기술인 절호의 일격 단계는 상승했는데 정작 중요한 자신의 레벨은 그대로였던 것이다.

쿠르르르르!

바로 그때였다.

쿠구구구궁!

갑자기 지하 공간 전체가 흔들리더니 로이스가 서 있던 성의 망루는 물론이고 성 전체가 폭삭 내려앉았다.

휘이이이이!

그리고 더욱 놀라운 일이 벌어졌다. 인근에 있던 스켈레톤 수백 마리가 공중으로 치솟더니 한 지점으로 모여들기 시작했던 것이다.

착! 차착! 차차차착—

'저것은?'

로이스의 두 눈이 커졌다. 수백 마리가 넘는 스켈레톤들이 합체라도 되는 듯 서로 붙었고, 그것이 급기야 거대한 스켈레톤의 형상을 이루었다. 그 크기는 스켈레톤 로드보다 서너 배는 더 거대했다.

"쿠우우우우우우우우!"

거대 스켈레톤 합체 괴수가 포효했다. 그사이 그것의 양손에는 역시나 뼈로 만들어진 거대한 검이 각각 쥐어져 있었다.

"인간! 나의 본체까지 드러나게 하다니 제법이구나. 그러나 더 이상 그따위 잔재주로는 나를 상대할 수 없다."

음성을 들어 보니 스켈레톤 로드였다. 이상하다 했는데 역시나 방금 전 죽은 건 그의 실체가 아니었던 모양이었다.

'어쩐지 레벨이 안 올랐다 했어.'

분명 힘의 근원을 파괴했는데 죽지 않고 부활하다니!

그것도 더 거대한 형상으로 말이다.

로이스는 할버드를 쥐고 스켈레톤 로드를 노려봤다.

"후후, 아직 살아 있었느냐? 이번에는 진짜로 죽여 주마."

"카카카카카! 죽는 건 네놈이다. 위대한 마족의 힘을 보여 주마."

스켈레톤 로드가 두 개의 검을 휘둘렀다.

쒸이이이!

순간 폭풍 같은 바람이 일더니 그 사이로 무수한 뼈 화살들이 날아왔다.

쉬쉬쉭! 쉬쉬쉬쉭—

그야말로 소나기처럼 무더기로 날아드는 뼈 화살들의 공세!

로이스는 할버드를 빠르게 휘돌려 그것들을 막았다. 그런데 할버드에 닿는 순간 뼈 화살들이 일제히 폭발했다.

쾅! 콰쾅! 콰콰쾅!

그 충격에 로이스는 뒤로 날려가듯 나가떨어졌다.

"으윽! 또 마법이냐?"

그러고 보니 뼈 화살들은 하나같이 시커먼 빛으로 휩싸여 있었다.

딱 봐도 마법이 깃들어 있는 게 분명했다.

"이제 시작일 뿐이다, 애송이 인간 놈!"

스켈레톤 로드가 다시 두 개의 검을 휘둘렀다.

쒸이이! 쒸이이이이!

그러자 또다시 돌풍이 몰아치며 뼈 화살들이 대거 날아왔다.

'피해야 해.'

막으면 폭발한다. 한 번 당했는데 또 당할 수는 없는 일.

로이스는 잽싸게 옆으로 이동하며 뼈 화살들의 반경에서 벗어났다.

그런데 그 순간 뼈 화살들이 마치 새처럼 방향을 틀더니 그대로 로이스를 향해 날아드는 것이었다.

"이건 또 뭐야?"

이미 피하기는 늦은 상황.

로이스는 어쩔 수 없이 다시 할버드를 돌려 막았다. 뼈 화살들이 우수수 날아와 폭발했다.

쾅! 콰쾅! 쿠콰콰쾅!

땅이 움푹 파여 나가고 불꽃이 치솟았다. 파괴의 마력석이 부착된 할버드이다 보니 그 같은 상황에서도 멀쩡했지만 로이스는 또다시 시커멓게 타고 말았다.

"용서 못 해! 죽인다!"

숯덩이 상태로 변한 로이스. 그래도 그의 두 눈은 여전히 차갑게 번뜩였다.

'젠장! 이 꼴이 또 뭐야?'

가뜩이나 지저분한 옷이었지만 이제는 타 버려서 그마저도 사라지고 말았다.

또 벌거숭이 상태인가?

좀 멋진 상태로 이기고 싶은데 정말 생각대로 안 된다.

물론 마족들과 싸우면서 매번 이런 꼴이 되는 것은 아니었다.

그놈의 마법을 펼치는 마족을 만났을 때였다.

그동안 낚시를 해서 마법 저항력을 조금 올렸지만 그것만으로는 턱도 없는 모양이었다.

“크카카카카! 잘도 버티는구나! 그럼 어디 이것도 한번 막아 봐라, 애송이 놈!”

그때 스켈레톤 로드가 득의만만하게 웃더니 두 개의 검을 위로 크게 치켜들었다.

콰르르르르!

어디선가 우렛소리가 울렸다. 스켈레톤 로드의 전신이 시퍼런 뇌전과도 같은 빛에 휩싸였다.

파지지지직!

한눈에 보기에도 뭔가 심상치 않은 마법을 펼치려는 것이 분명했다.

번쩍! 번쩍!

곧바로 시퍼런 빛무리가 그대로 로이스를 향해 쏟아져 나왔다.

콰콰쾅! 콰콰콰콰쾅!

로이스가 있던 지면이 터지듯 폭발했다. 그 위력은 방금 전 뼈 화살들의 폭발보다 수백 배는 더 강력했다. 로이스가 할버드로 막았다면 할버드와 함께 산산조각이 나 버리고 말았을 것이다.

그러나 이미 로이스는 그곳에 있지 않았다. 스켈레톤 로드가 필살기를 펼치려 동작을 크게 한 그 틈을 타 오히려 앞으로 파고들었다.

"멍청이! 내가 그리 쉽게 당할 것 같으냐?"

퍽퍽! 우지지직!

로이스가 노린 곳은 스켈레톤 로드의 오른쪽 무릎 관절!

가히 빛의 속도로 후려갈긴 할버드의 공격에 스켈레톤 로드의 무릎 관절이 박살 났다. 물론 그래 봤자 금세 다시 복원되었지만, 일시적으로 거대한 스켈레톤 로드의 동체가 비틀거리며 균형을 잃고 말았다.

퍼어억!

그것이 끝이었다. 로이스는 그 틈을 놓치지 않고 번개처럼 도약해 스켈레톤 로드의 두개골을 박살 냈다.

퍽! 퍼어억! 콰콰콰쾅!

급기야 두개골이 폭발했다. 로이스는 잽싸게 폭발의 반경에서 훌쩍 물러나 피했다.

"쿠어어어! 부, 분하다……!"

귀를 찢는 듯한 비명 소리. 그리고 원독이 가득한 음성이 울려 퍼졌다.

'뭐지? 아직 안 죽었나?'

두개골이 부서진 상태인데 어디에서 저 음성이 흘러나오는지 의문이었다.

그러나 다행히 더 이상의 소리는 없었다. 스켈레톤 로드의 신체는 위에서부터 아래로 차츰 먼지로 변해 흩어져 버렸다.

[미스토스의 은총이 당신의 노력에 대한 보상을 줍니다.]

[당신의 레벨이 올랐습니다.]

"휴! 드디어 해치웠구나. 꽤나 지독한 놈이었어."

로이스는 이마의 땀을 닦았다.

레벨이 한 단계 상승해 42가 되었다. 레벨이 오른 걸 보니 확실히 스켈레톤 로드가 죽은 것이 실감되었다.

[당신은 할버드를 더욱 능숙하게 다룰 수 있게 되었습니다.]

[당신의 할버드 전술이 21단계가 되었습니다.]

게다가 그동안 20단계에서 거의 오르지 않았던 할버드 전술이 드디어 한 단계 상승했다.

"할버드 전술도 올랐네."

로이스로서는 매우 기쁜 일이 아닐 수 없었다.

그만큼 자신이 강해졌다는 것을 의미하기 때문이다.

[봉인된 마력의 구슬을 얻었습니다.]
[봉인된 고대의 검을 얻었습니다.]

그리고 연이어 나타난 글자들이 로이스의 가슴을 뛰게 만들었다.

봉인된 마력의 구슬이야 어차피 하나 얻을 것이라 예상했기에 그리 놀랄 것은 아니었다.

그런데 그 구슬 옆에서 심상치 않은 기운을 풍기는 검이 한 자루 빛나고 있었던 것이다.

* 봉인된 고대의 검
—등급 : 전설
—어둠의 힘으로 봉인되어 있어 어떤 능력을 가진 검인지 알 수 없음.
—봉인 해제 시 필요한 미스토스 5카퍼스

"봉인된 고대의 검?"

지금껏 마족들을 해치운 이래 처음 얻은 것이었다.

그런데 무슨 봉인 하나 푸는 데 5카퍼스나 되는 미스토스가 필요하다는 것일까?

'뭔가 엄청난 능력을 가진 검인 게 분명해.'

지금은 알 수 있는 게 없지만 릴리아나에게 가져다주면 알아서 봉인을 풀어 줄 것이다.

그래서 일단 챙겨 두기로 했다.

한편 그사이 스켈레톤 로드의 권속이라 할 수 있는 수천이 넘는 다른 언데드들도 일제히 먼지로 변해 흩어졌다.

그 많던 언데드들 중 단 하나도 멀쩡히 서 있는 녀석이 없었다.

로이스는 미소 지었다.

"역시 두목만 해치우면 되는 일이었어."

아무리 죽여도 다시 살아나는 불사의 존재들인 언데드!

그러나 그들의 로드를 해치우면 그들을 유지하던 불사의 힘도 사라지게 된다.

이로써 로이스는 브라키스 숲을 죽음의 숲으로 만들었던 사악한 언데드들을 몰살시킨 것이었다.

[임무] 미스토스 상급 기사의 자격

—미스토스 상급 기사가 되기 위해서는 마족 10명을 쓰러뜨릴 수 있는 실력을 보여야 한다.

—마족을 처치한다. 6/10

그리고 이제 앞으로 4명의 마족만 더 해치우면 미스토스 상급 기사가 될 수 있으리라.

스스스.

그때 돌연 로이스의 앞에 뭔가가 나타났다.

붉은색의 머리카락을 가진 여성의 환영이었다.

그런데 그녀의 외모를 뭐라고 표현해야 할 것인가?

일단 무척이나 섬뜩했다. 핏빛을 연상케 하는 붉은 머리카락에 홍채까지 붉었다.

동시에 전신에서 뿜어져 나오는 무시무시한 마기!

그런데 그 어떤 부분도 완벽하지 않은 부분이 없어 보일 정도로 아름다웠다.

로이스는 흠칫 놀랐다. 지금 나타난 존재는 물론 실체가 아닌 환영이었다. 그러고 보니 이전에도 이와 비슷한 류의 환영을 본 적이 있다.

"넌 뭐지, 또 마왕인가?"

그러자 여자가 대답했다.

"하등한 인간 놈! 감히 나 마왕 헤이나크의 권속을 죽이고도 무사할 거라 생각했느냐?"

"마왕 헤이나크?"

역시나 마왕이었다. 마왕 데세오, 마왕 크리움에 이어 또 다른 마왕의 등장이다.

이로써 로이스는 무려 세 명의 마왕과 적대 관계가 되고 말았다.

마족을 죽이려면 그 배후에 그들의 주인인 마왕이 있다는 사실을 잊지 말아야 할 것이다.

물론 그렇다고 해서 뭔가 찜찜해 하거나 두려워할 로이스가 아니었다.

"귀찮군. 유치하게 환영으로만 협박하지 말고 직접 나타나서 덤벼라."

그러자 헤이나크가 어이없다는 듯 로이스를 노려봤다. 아무리 실체가 아닌 환영 상태라지만 마왕인 그녀의 협박을 무슨 개가 짖느냐는 듯 무시하는 녀석이 존재할 줄이야.

확!

그녀의 두 홍채에서 핏빛의 안광이 번개처럼 번쩍였다.

"고작 마족 하나 이겼다고 기고만장인 것인가? 넌 조만간 내 손에 죽는다."

그러자 로이스는 코웃음 쳤다.

"네가 마왕이라는 게 별거냐? 지금 나 죽이겠다는 마왕이 한둘이 아니야. 넌 그중의 하나일 뿐이다."

지금은 셋뿐이지만 앞으로 지금처럼 마족들을 죽이다 보면 원수로 변할 마왕은 수도 없이 늘어날 것이다.

물론 로이스는 조금도 겁나지 않았다. 머지않아 그 마왕들의 우두머리라 불리는 대마왕 불칸도 해치울 작정인 그에게 보통의 마왕들이 뭐가 겁나겠는가.

그런 로이스의 담담한 태도에 헤이나크는 더욱 분노가 치미는 듯 이를 갈았다.

"넌 반드시 내 손에 죽는다. 기억해라. 나 헤이나크의 이름을."

헤이나크의 환영은 마지막으로 로이스를 잡아먹을 듯 노려보고는 사라졌다.

웬만한 인간이라면 이런 상황에 겉으로는 담담한 척할 수 있어도 속으로는 걱정이 말이 아닐 것이다.

다른 이도 아니고, 마왕이 곧 죽이러 오겠다고 선전 포고를 했다.

그건 말 그대로 죽음의 신이 찾아오는 것이나 다름없는 일!

게다가 그런 마왕이 하나도 아니고 무려 셋이나 된다.

설령 당장 그들이 오지 않는다고 해도 언제 올지 모른다는 불안감에 잠조차 제대로 자지 못할 것이다.

그러나 로이스는 겉은 물론이고 속도 태연했다.

"올 테면 와 봐. 그날이 바로 너희들이 죽는 날이 될 테니까."

싸우는 건 조금도 겁나지 않았다. 마왕이건 뭐건!

로이스가 두려운 건 단 하나!

자신이 혹시라도 약해서 누군가에게 패배하는 경우인 것이다.

그 대상이 물론 마왕일 수도 있고, 아니면 그들의 두목인 대마왕 불칸일 수도 있다. 꽃의 요정 사피아스일 수도 있으며, 아니면 지금껏 한 번도 생각해 본 적 없는 또 다른 강적일 수도 있다.

"절대로 내가 지는 일은 없어. 그 누구에게든!"

약하면 진다. 무조건 이기기 위해서는 절대적으로 강해져야 하리라.

수련! 또 수련!

즉, 마왕 헤이나크의 협박은 로이스에게 오히려 투지를 불태워 더욱 수련에 매진하겠다는 결심을 하게 만들었을 뿐이었다.

'그나저나.'

로이스는 문득 한 가지 의문이 생겨났다.

'대체 마왕 녀석들은 왜 협박만 하고 직접 나타나지 않는 거지?'

그렇다. 특히 마왕 데세오의 경우에는 자신의 권속 마족들이 죽을 때마다 환영으로 로이스에게 자신의 모습을 드러내기도 했다.

뿔 달린 백색 오우거 형상의 마왕! 이제는 눈을 감아도 그릴 수 있을 정도다.

혹시라도 지나가다 마주치면 왠지 낯익어서 로이스가 먼저 아는 척을 할지도 모른다.

아무튼 자신이 아끼는 권속들이 로이스에게 죽임을 당했다면, 적어도 그날은 아니어도 그 이튿날 정도에는 나타났어야 정상인 것이다.

명색이 마왕이라면 말이다.

헤이나크라면 오늘 협박을 했으니 그렇다 치고 왜 데세오는 아직도 나타나지 않는 것일까?

마왕 크리움도 마찬가지다. 비록 자신에게 버림받은 마족일망정 그 마족을 다른 이가 채 갔다면 그것을 좌시할 리가 없었다. 마왕이라면 당장 나타나 로이스와 란델을 죽이려 했어야 정상 아닐까?

그런데도 이제껏 아무런 반응이 없었다.

그건 아마도 뭔가 사정이 있다는 소리였다.

마왕들이 직접 로이스를 찾아오지 못하는 사정 말이다.

'그 이유가 대체 뭘까?'

로이스는 잠시 상념에 잠겼다. 그러나 그것은 무작정 생각한다고 알아낼 수 있는 일은 아니었기에 그 사실을 깨달은 로이스는 즉시 고민을 멈췄다.

스스로 알아내기보다 그것을 알 만한 이에게 물어보는 것이 빠를 것이다. 그것이 로이스가 짧은 상념을 통해 내린 결론. 그는 절대 생각을 길게 하는 성격이 아니었다.

'릴리아나에게 물어보는 게 좋겠어. 란델 녀석도 알고 있을지 몰라. 아니면 아시엘의 집사 녀석이 알고 있을 수도 있겠지.'

아스피스 성으로 귀환하면 먼저 릴리아나에게 물어보고, 그녀가 모르면 란델, 타르파 순으로 물어보기로 했다.

"그보다 보물 같은 건 또 없나?"

명색이 스켈레톤 로드가 있던 장소다. 물론 봉인된 마력의 구슬과 봉인된 고대의 검을 얻긴 했지만, 그래도 근처를 뒤져 보면 뭔가 쓸 만한 것들이 더 있지 않을까 싶었다.

아쉽게도 스켈레톤 로드가 쓰던 거대한 대검이나 뼈로 만들어진 검 등은 그가 죽을 때 함께 소멸되었다.

수천의 스켈레톤들이 장착하고 있던 무기와 방어구도 마찬가지였다. 언데드들의 몸체가 사리지는 순간 그것들도 함께 부서져 버렸기 때문이다.

"없나 보네."

잠시 근처를 뒤져 보던 로이스가 발견한 건 흙먼지뿐.

혹시라도 어딘가 깊숙이 묻힌 보물이 있을지 모르지만

그것을 위해 이 넓은 동굴을 다 파 볼 수는 없는 일이었다.

"그만 돌아가자."

뭐 그래도 구슬과 검을 얻지 않았던가. 또한 레벨도 상승하고 강해졌으니 더 이상 미련을 갖지 말기로 했다.

"로이스 님!"

"로드! 여기 계셨군요!"

그때 어디선가 낯익은 음성들이 들렸다. 고개를 돌려보니 퓨리를 비롯한 정령들과 라크아쓰 패거리였다.

"너희들이 어떻게?"

"결계가 사라졌어요. 숲에 들어오니 이곳 동굴이 보여 들어왔어요."

스켈레톤 로드가 죽는 순간 숲을 장악한 어둠의 기운은 사라졌다.

언데드들이 득실거리던 죽음의 숲이 아니라 다시 본래의 숲으로 돌아간 것이다.

그와 함께 드러난 동굴의 입구.

그곳엔 로이스가 통과했던 방대한 미로 같은 건 없었고, 바로 이곳으로 이어져 있었다.

"케케케! 일단 이 옷부터 입으시지요."

벌거숭이 상태의 로이스를 향해 라크아쓰가 잽싸게 다가와 옷을 내밀었다.

화려하게 번쩍이는 금빛의 옷!

로이스는 반색했다.

"수고했다."

역시 데리고 오길 잘했다. 라크아쓰는 이런 면에서 아주 유용했다.

Chapter 2
황녀 아이리스

"잠깐만요. 너무 지저분하니 우선 목욕부터 하세요."

곧바로 옷을 입으려 하는 로이스를 물의 정령 퓨리가 만류했다.

스스스.

그 즉시 퓨리의 명령을 받은 땅의 정령 아리스가 욕조를 만들어 냈다.

쏴아아!

퓨리의 손에서 쏟아진 물이 욕조를 가득 채웠다. 불의 정령 퓨리가 기다렸다는 듯 그 물을 따끈하게 데웠다.

"목욕 준비되었어요, 로이스 님."

"좋아."

방금 전까지 스켈레톤 로드와 피 터지게 싸웠던 어둠의 소굴에서 느긋하게 목욕을 하게 되다니.

이게 다 정령들을 데리고 온 덕분이었다.

로이스는 미소 지었다.

"고마워. 앞으로도 어디 갈 때 너희들은 꼭 데리고 다녀야겠어."

"그럼 저희들에겐 영광이죠."

바람의 정령 라샤가 그사이 어디서 구했는지 향긋한 과일을 로이스의 입 안에 쏙 넣어 주었다.

오물오물.

로이스는 달콤한 과일을 씹으며 기분 좋게 목욕을 즐겼다.

한편 아리스는 그때 인근의 땅을 살피더니 지면 아래로 슥 사라졌다가 다시 불쑥 솟아올랐다.

"로이스 님, 이걸 발견했습니다."

그의 팔엔 큼직한 상자 하나가 들려 있었다. 로이스가 고개를 갸웃했다.

"그게 뭐냐?"

그러자 아리스가 즉시 로이스 앞으로 상자를 가져와 열어 보였다. 그 안에는 보석처럼 반짝이는 보라색의 작은 돌들이 들어 있었다.

"오! 이건?"

로이스는 그 돌들을 본 적이 있었다.

예전에 릴리아나가 주릅 상인 노스느크와 거래할 때 보았던 것이다.

라키아 대륙에서는 뭔가를 사고 팔 때 골드와 실버를 사용하지만, 샤론 대륙에서만 베카와 가디라는 것을 사용한다고 했다.

그중 더 귀한 가치를 지닌 베카!

그것들이 잔뜩 들어 있을 줄이야.

"이게 모두 얼마야?"

그러자 바람의 정령 라샤가 금세 그것들을 세어 보았다.

"모두 1000베카예요."

정확히 베카 1천 개가 들어 있다는 얘기였다. 로이스는 입을 쩍 벌렸다.

"1천 베카라고?"

세상에! 예전에는 100베카가 없어 노스느크에게 외상까지 주고 무기를 사기도 했다. 물론 그 후 릴리아나가 모두 갚긴 했지만 말이다.

그런데 무려 그 10배인 1000베카라면?

대체 얼마나 큰돈인 것일까?

그때 아리스가 빙그레 웃으며 말했다.

"아무래도 이 아래 스켈레톤 로드의 보물 창고가 파묻혀 있는 것 같습니다. 대충 봐도 이런 상자들이 대여섯 개는 되어 보이는데, 어떻게 할까요?"

"어떻게 하긴. 어서 몽땅 꺼내 와."

"예, 로이스 님."

아리스는 다시 지면 아래로 사라졌다. 로이스는 만면에 미소를 지었다.

'후후, 혹시나 했는데 진짜 보물이 있긴 했군.'

그렇다 해도 이 넓은 공간을 다 파 볼 수 없어 그냥 돌아가려고 했는데, 땅의 정령 아리스는 이런 면에서도 아주 탁월한 능력을 발휘했다.

아리스는 땅속을 마치 물고기가 물속을 헤엄치듯 자유롭게 움직일 수 있기 때문이다.

그로 인해 본래라면 영원히 브라키스 숲의 지하에 묻혀 있었을 6개의 상자들이 로이스 앞에 모습을 드러냈다.

라샤는 상자 안을 바람 같은 속도로 살펴봤다.

"모든 상자에는 정확히 천 개의 베카가 빼곡히 들어 있어요. 따라서 도합 육천 베카군요."

6천 베카라니! 과연 그 가치가 어느 정도인 것일까?

로이스는 굳이 고민하지 않았다. 릴리아나에게 가져다주

면 알아서 잘 사용할 것이다. 로이스에게 필요한 물건들도 충분히 사 줄 것이고 말이다.

"하하, 돈 많이 벌었다."

"호호! 축하해요, 로이스 님!"

"케케케, 금방 부자가 되실 겁니다, 로드!"

묵직한 베카 상자는 라크아쓰의 부하 네이더들이 하나씩 등에 짊어졌다. 그러고 보면 네이더들은 짐꾼으로도 아주 유용했다. 그들 특유의 질긴 거미줄로 짐을 고정시킨 터라 유사시 웬만한 타격을 받아도 충분히 짐을 지켜 낼 수 있을 것이다.

"이제 그만 성으로 돌아가자."

"예, 로이스 님."

그렇게 로이스는 브라키스 숲을 평정하고 아스피스 성으로 향했다.

전투에서 승리한 후 전리품을 든든히 챙겨 귀환하는 터라 모두의 발걸음은 가벼웠다.

올 때와 마찬가지로 바람의 정령 라샤가 앞에서 길 안내를 했기에 어느 쪽으로 이동해야 할지 고민할 필요가 없었다.

*　　*　　*

사르곤 제국의 황궁에 위치한 한 별궁.

궁전치고는 다소 허름하게 보이는 이곳은 황궁의 여러 별궁 중에서도 가장 외진 곳에 지어져 있었다.

특히 이 별궁은 높은 담장으로 둘러싸여 있어 황궁을 드나드는 이들조차 이곳에 별궁이 있다는 사실을 알지 못하는 경우가 많았다.

하나의 육중한 철문만이 이 별궁으로 들어갈 수 있는 유일한 통로였다.

그 철문 앞에는 수십여 명의 병사들이 경계를 서고 있었고, 병사들은 담장을 빙 둘러 일정한 간격마다 꼼꼼하게 배치되어 있었다.

하나같이 날랜 눈빛의 병사들.

그들 사이로 기사들과 마법사들도 적지 않게 보였다.

대체 누구를 감시하기에 이토록 철통같은 경계를 서고 있는 것일까?

다름 아닌 2황자 라테르였다.

그는 어제 황제의 분노를 사 이 별궁에 갇히고 말았다.

현재 이 별궁 안에는 네 명의 인물이 갇혀 있었다. 2황자 라테르와 그의 수호 기사인 세리나. 그리고 시녀 두 명이었다.

본래라면 라테르 혼자 갇혀 있어야 했지만, 그래도 그가 제국의 2황자인 이상 어느 정도 배려를 해 준 것이었다. 물론 수호 기사 세리나는 검을 경비대에 맡겨 무장을 해제한 상태였다.

그러나 경비대는 바짝 긴장했다. 세리나가 아무리 무장을 해제했다 해도 그녀는 제국에서 손꼽히는 검사 중 하나이기 때문이었다.

특히 그녀는 제국 최고의 명문 검가인 카로드 공작가 출신이다.

사르곤 제국에 존재하는 두 명의 그랜드 마스터 중 하나이며, 현재 황제의 최측근에서 그를 호위하는 근위기사단장 리베르 폰 카로드 공작.

검을 쥔 이라면 누구나 경배하는 카로드 공작!

그런 절대자의 둘째 딸이 바로 세리나다.

또한 그녀의 언니이자 카로드 공작의 첫째 딸인 루니우스는 부친과 더불어 제국의 절대 초인이라 불리는 그랜드 마스터였다.

한 가문에서 한 시대에 두 명의 그랜드 마스터를 배출했으니!

제국의 모든 검사들에게 있어 카로드 공작가는 천외천과 같은 곳이었다.

다만 카로드 공작가는 대대로 권력이나 정치에는 관심을 두지 않았다. 오직 황제를 수호하는 근위기사로서의 임무에만 충실했다.

카로드 공작은 근위기사단장으로 황제의 신변을 수호하고, 첫째 딸이자 근위기사단의 부단장인 루니우스는 황태자의 수호 기사였다. 그리고 둘째 딸인 세리나는 2황자인 라테르의 수호 기사가 된 것이다.

그런 세리나가 옆에 있어 주어 그나마 라테르는 그동안 마음이 든든했지만, 별궁에 갇혀 있는 지금은 모든 게 절망적이었다.

"큰일이군. 아바마마께서는 그 간악한 나칸 놈의 말만 듣고 용자를 대적하고 있다. 이를 어쩌면 좋다는 말인가."

라테르는 답답한 마음에 방 안에 있는 탁자를 손으로 내리쳤다. 그러자 한쪽에서 말없이 서 있던 세리나가 입을 열었다.

"전하께서는 진정 아시엘 공주가 전설의 용자라 확신하시는군요."

"틀림없어. 처음에는 나도 의심이 갔지만 가면 갈수록 확신이 든다. 무엇보다 사악한 대마법사 나칸이 그녀를 모해하고 있는 것 자체가 증거라 할 수 있지."

"……."

"모두들 내가 그녀를 연모해서 착각한다 여기지만, 나는 그 정도로 공과 사를 구분하지 못할 만큼 어리석지 않다."

"그건 저도 알고 있습니다. 전하께서는 절대 공과 사를 구분 못 하실 분이 아니죠."

라테르가 희미하게 미소 지었다.

"세리나! 너라도 날 믿어 주니 그나마 내가 숨을 쉴 수 있는 것이다. 그렇지 않았다면 난 이미 세상을 포기했을지도 몰라. 아무도 날 믿어 주지 않으니까."

"저는 전하를 믿습니다."

"너 외에는 거의 없지. 모두가 나칸만을 떠받들고 있어. 심지어 형님까지. 그나마 아이리스는 날 믿어 주긴 하지만."

그에게 있어 형님은 황태자인 프론스를 의미했다. 그리고 제국 4대 미녀 중 하나로 명성이 자자한 황녀 아이리스가 바로 그의 여동생이었다.

세리나가 문득 물었다.

"지금도 여전히 아시엘 공주를 연모하고 계시나요?"

그러자 라테르가 씁쓸히 웃었다.

"하지만 이젠 의미 없는 일일 뿐이다. 제국이 그녀의 가문과 왕국을 멸망시켰으니 어찌 나를 좋게 생각할까?"

대략 2년 전쯤 여행을 좋아하는 라테르는 아시엘이 있던 루파인 왕국에도 놀러 간 적이 있었다. 신분을 드러내지 않고 평범한 여행객처럼 여행을 다닌 그였기에, 누구도 그곳에 사르곤 제국의 2황자가 놀러 왔다는 사실을 알지 못했다.

그곳에서 라테르는 아시엘을 보고 첫눈에 반하고 말았다.

그는 몰래 아시엘을 찾아가 자신의 마음을 밝혔지만 단번에 거절당했다. 그래도 아시엘을 포기할 수 없었다.

결국 그는 제국의 2황자 신분으로 아시엘에게 청혼을 할 생각까지 했던 것이다.

나칸이 아시엘을 마녀로 몰아 루파인 왕국을 멸망시키지 않았다면 지금쯤 어떤 식으로든 아시엘의 마음을 얻어 냈을 것이라고 라테르는 확신했다.

"……."

세리나는 다시 침묵했다. 그녀 집안 특유의 버릇이랄까? 좀처럼 표정을 잘 드러내지 않기 때문에 라테르는 도무지 그녀가 무슨 생각을 하는지 알 수 없을 때가 많았다.

그런데 지금은 평소와 달리 표정이 약간 상기되어 있었다. 그녀의 흔들리는 눈빛에는 무언가 알 수 없는 감정이 어려 있기도 했다.

라테르가 돌연 그녀를 쳐다봤다.

"세리나! 너는 진정 날 믿고 있지?"

"어찌 그런 질문을 하시나요? 저는 전하를 위해서라면 목숨이라도 바칠 수 있습니다."

세리나는 망설임 없이 대답했다. 이글거리는 그녀의 눈빛에는 진심이 담겨 있었다. 라테르는 감동한 표정으로 고개를 끄덕였다.

"고맙다, 세리나. 지금 내게 있어 희망은 너뿐이다."

"희망이라시면?"

세리나는 라테르가 뭔가 아주 중대한 결심을 했음을 예감할 수 있었다. 그것도 매우 위험한 결심을 말이다.

라테르가 무겁게 고개를 끄덕였다.

"난 용자 아시엘을 찾아갈 생각이다. 네가 날 도와줬으면 좋겠구나."

"……."

세리나의 안색이 굳었다. 역시나 그녀가 생각한 불길한 예감이 맞아떨어진 것이다.

"세리나, 네가 마음먹으면 이곳에서 날 탈출시키는 건 아주 간단한 일. 날 도와줄 수 있겠느냐?"

그러자 세리나가 라테르를 뚫어져라 쳐다봤다.

"저의 목숨은 이미 전하의 것. 원하시면 저의 목숨을 바쳐서라도 전하를 아시엘 공주께 인도할 것입니다."

그 말에 라테르의 안색이 환해졌다.

"역시 내겐 너뿐이다, 세리나."

"다만 이유가 무엇인지 알아야겠습니다. 전하께서는 아시엘 공주를 연모하여 그녀의 마음을 얻기 위해 가시는 것입니까?"

"그것은 결코 아니다. 설마 내가 그런 사적인 감정으로 너의 목숨까지 걸겠느냐? 아까도 말했지만 난 공과 사는 구분해. 따라서 나는 사르곤 제국의 2황자 신분으로 용자를 만나려는 것뿐이다."

라테르는 탄식하며 고개를 흔들었다. 세리나의 두 눈이 빛났다.

"무엇 때문이죠?"

"제국을 위해서다. 용자 아시엘을 만나 지금 제국에서 벌어지는 일을 알려야 한다. 그리고 이 모든 것이 나칸의 음모라는 것을 알게 해야 해. 그래야 추후 용자의 분노로 제국이 멸망하는 것을 막을 수 있기 때문이다."

그러자 이번에는 세리나가 탄식했다.

"하지만 그건 황제 폐하를 배신하는 일이에요. 그 일이 전해지면 전하께서는 반역도로 몰리게 되실 겁니다."

"그런 건 상관없다. 지금 중요한 건 제국의 진정한 안위다. 모두가 상상도 못하고 있어. 만약 아시엘이 진정한 용자라면 지금 제국이 얼마나 어리석은 짓을 하고 있는지 말이야."

"물론 그녀가 전설이 말하는 진정한 용자라면 그럴 수도 있겠죠. 하지만 대마법사의 말대로 마녀일 수도 있어요. 아니면 그 둘 중 무엇도 아닌 그저 평범한 망국의 공주일 수도 있고요."

"그래서 내가 직접 가서 확인해 보려는 것이다. 그녀가 진짜 용자인지 아닌지 직접 그곳에 가면 알 수 있게 될 테니까."

솔직히 라테르도 아시엘이 정말로 용자라고 무조건 확신할 수는 없었다. 알 수 없는 확신이 점점 생기고는 있지만, 그 어떤 증거도 없이 그런 심증만으로 섣불리 그녀를 용자라 결론을 내릴 수는 없는 일인 것이다.

라테르의 두 눈이 심상치 않았다.

"이건 제국의 운명이 걸린 일이다, 세리나. 나는 목숨을 걸고서라도 가야 해. 이대로 아무것도 하지 않은 채 갇혀 있을 바엔 차라리 죽는 게 나을 것이다."

그러자 세리나가 고개를 숙였다.

"전하의 뜻이 그러시다면 저는 무조건 따르겠어요."

라테르가 미소 지었다.

"고맙다, 세리나. 역시 내겐 너뿐이구나."

"지금 즉시 떠나실 건가요?"

그녀는 명이 떨어지면 밖의 감시병들을 모조리 쓰러뜨리고 전력을 다해 라테르를 탈출시킬 생각인 듯했다.

"일단 이 밀서를 아이리스에게 은밀히 전해라. 그럼 그 아이가 방법을 알려 줄 것이다."

"황녀 마마께 말입니까?"

"그래. 아이리스는 너 말고 유일하게 황궁에서 내가 믿을 수 있는 사람이다."

그 말에 세리나는 즉시 밀서를 받아 들고 허리를 숙였다.

"명을 받들겠어요, 전하."

그 말이 끝나는 순간 그녀의 몸은 마치 환영처럼 그 자리에서 사라졌다.

슷—

그리고 세리나가 모습을 드러낸 곳은 별궁의 까마득히 높은 담장 위.

스슷!

그러다 이내 바람처럼 그 자리에서 사라졌다. 누군가 뻔히 그곳을 지켜보고 있었다 해도 뭔가가 지나간 것을 전혀 알아채지 못할 만큼 짧은 순간이었다.

사실 황궁에서 세리나의 흔적을 간파할 수 있는 존재는 몇 명 되지 않는다.

그녀의 부친인 카로드 공작과 언니 루니우스, 그리고 대마법사 나칸 정도랄까?

그 외에는 모두 허수아비에 불과할 뿐.

아, 그러고 보니 한 명 더 있긴 하다.

제국 4대 미녀 중 한 명으로 루크 마탑의 천재라 불리는 로디아!

그녀는 황녀 아이리스의 절친한 친구로 지금 황녀 궁에 머무르고 있었다.

'로디아라면 내가 나타난 걸 금방 눈치채겠지.'

디리링.

아니나 다를까, 세리나가 황녀 궁의 담장을 넘어 아이리스의 방 앞에 서는 순간 신비한 악기 소리와 함께 알 수 없는 기운이 그녀를 휘감았다.

쿠구구구.

갑자기 주변이 화려한 궁전이 아닌 황량한 사막으로 변했다.

세리나는 그것이 결계의 일종임을 알아채고는 쓴웃음을 지었다.

'역시 예상대로네.'

그때 허공 어디선가 영롱한 음성이 들려왔다.

"그대는 근위기사인 세리나 백작이로군요."

상대는 이미 세리나의 정체를 알고 있었다. 그럴 만한 상대라면 당연히 마법사 로디아일 것이다.

"난 황녀 마마를 알현코자 왔어요, 로디아."

그러자 세리나의 앞에 은빛 머리카락을 가진 아름다운 여성이 모습을 드러냈다. 그녀는 두 손으로 푸른색의 하프를 든 채 세리나를 담담히 쳐다보더니 고개를 끄덕였다.

"이황자 전하의 밀서를 갖고 오셨나요?"

"그걸 어떻게?"

"그렇지 않아도 마마께서 기다리고 계세요."

이미 기다리고 있다고? 세리나가 놀란 표정을 짓자 로디아가 살짝 미소를 지으며 하프를 켰다.

디리링.

순간 황량한 사막은 온데간데없이 사라졌다. 주변은 어느새 넓고 화려한 방으로 바뀌었다.

방에는 위엄이 가득한 황금발의 미소녀가 세리나를 오연히 쏘아보고 있었다. 세리나는 즉시 예를 갖췄다.

"아이리스 황녀 마마를 알현합니다."

"일어나라, 세리나 백작. 둘째 오라버니의 밀서를 내게 가져온 것이냐?"

"그렇습니다."

세리나는 라테르의 밀서를 아이리스에게 전했다. 아이리

스는 곧바로 밀서 두루마리를 펴서 읽고는 묘한 미소를 흘렸다.

"역시 나의 예상대로네. 오라버니께서는 아시엘 공주를 만나러 샤론 대륙으로 가실 생각인 거야."

"어떻게 미리 예상하고 계셨죠?"

세리나는 놀란 듯 두 눈을 크게 떴다. 아이리스는 밀서를 옆의 로디아에게 건네주며 킥킥 웃었다.

"내가 아는 둘째 오라버니라면 당연히 그런 생각을 했을 거야. 아시엘 공주를 무척이나 보고 싶어 했거든. 지금쯤 얼마나 들떠 있을까?"

순간 세리나는 자신도 모르게 두 주먹을 불끈 쥐었다.

"마마, 이황자 전하께서는 공과 사를 구분하시는 분. 결코 아시엘 공주를 연모하는 마음 때문에 그곳에 가시려는 것이 아니옵니다."

"흥, 그 말을 그대로 믿다니 그대도 순진하구나."

아이리스는 살짝 코웃음을 날렸다. 그러나 여전히 입가에는 묘한 미소가 맺혀 있었다.

"아무튼 그 멀고 험한 곳에 오라버니를 혼자 보낼 수는 없는 일. 나라도 따라나서야 마땅하겠지."

"설마 마마께서도 같이 가실 생각은 아니겠죠?"

"아니긴. 난 이미 준비를 마쳤느니라. 로디아, 그럼 가

볼까?"

"네, 마마."

마법사 로디아가 기다렸다는 듯 하프를 켰다.

순간 환한 빛이 일어나 아이리스와 로디아, 세리나의 몸을 뒤덮었다.

화아아악!

눈부신 빛이 시야를 가렸다가 사라진 순간 아이리스 등은 2황자 라테르가 있는 방에서 모습을 드러냈다.

"아아, 갇혀 있느라 얼마나 고생이 많으신가요, 라테르 오라버니!"

"하하하! 아이리스! 네가 와 줬구나."

라테르는 반색했다. 또한 아이리스의 뒤에 마법사 로디아가 세리나와 함께 모습을 드러내자 회심의 미소를 지었다.

"오랜만이로군, 로디아 경."

"이황자 전하를 알현합니다."

로디아는 정중히 예를 갖췄다. 그러자 라테르가 빙긋 웃으며 손을 휘저었다.

"로디아, 그대를 보니 내가 안심이 되는군. 저 덜렁대는 녀석을 데리고 가려니 한숨부터 나오지만 그대라면 충분히 보호할 수 있을 거야. 부디 아이리스를 잘 부탁하네."

"성심껏 마마를 보호하겠습니다, 전하."

그 말에 아이리스가 어깨를 으쓱하며 웃었다.

"오라버니도 이미 내가 함께 갈 거라는 걸 짐작하고 있었군요."

"네 성격을 뻔히 아는데 내가 널 어떻게 말리겠느냐? 하지만 조심해야 한다. 그곳은 황궁이 아니야. 어떤 험악한 몬스터가 나타날지 몰라."

"후후, 염려 말아요. 내 몸 정도는 충분히 지킬 실력은 되니까."

틀린 말은 아니었다. 아이리스는 로디아만큼은 아니어도 마법에 제법 조예를 가지고 있었기 때문이다.

그러던 라테르가 일순 진지한 표정으로 아이리스를 쳐다봤다.

"그보다 황궁을 빠져나갈 방법은 생각해 봤느냐? 가능하면 유혈 사태를 벌이지 않고 은밀히 떠날 수 있어야 한다."

사실 세리나의 검술 실력이라면 어떻게든 라테르가 황궁을 빠져나가게 만들 수는 있었다. 다만 황궁이 발칵 뒤집힐 만큼 대형 사태가 벌어질 것이라 샤론 대륙까지 가는 길이 너무 험난해질 것이다.

리테르는 그래서 동생인 아이리스에게 도움을 요청한 것이었다. 그녀는 머리가 비상할 뿐 아니라 천재라 불리는 마법사 로디아를 곁에 두고 있다. 따라서 어떤 식으로든 기발한 복안을 만들어 낼 것이 분명했다.

아이리스가 자신 있게 미소 지었다.

"물론이죠. 우린 이곳에서 곧바로 마법진을 타고 샤론 대륙의 국경이 있는 곳으로 공간 이동할 거예요."

"공간 이동이라고?"

라테르의 두 눈이 휘둥그레 커졌다. 과연 대마법사 나칸과 그의 제자들이 두 눈을 시퍼렇게 뜨고 있는 황궁에서 그들을 속이고 공간 이동을 하는 게 가능한 것일까?

"염려 말아요. 로디아라면 절대 들키지 않고 우릴 그곳으로 이동시킬 수 있으니까."

"그렇다면 다행이다만."

"그리고 이곳엔 우리와 동일한 형상을 가진 인형들이 남아 있을 거라, 그 누구도 우리가 샤론 대륙으로 갔다는 사실을 모를 거예요."

"인형이라니! 그건 또 무슨 소리냐?"

그러자 아이리스가 로디아를 향해 말했다.

"이제 이황자 전하께 인형을 보여 주겠니, 로디아?"

"네, 마마."

로디아는 미리 준비한 작은 인형 두 개를 바닥에 던지며 뭐라 주문을 외웠다. 순간 그 인형들이 커지며 라테르와 세리나의 모습으로 변했다.

"오! 이럴 수가!"

라테르의 두 눈이 다시 휘둥그레 커졌다. 인형은 자신이 봐도 마치 거울을 보는 거라 착각이 들 만큼 완벽하게 동일한 모습이었다. 세리나의 인형도 마찬가지.

아이리스가 말했다.

"나와 로디아의 인형도 이미 황녀 궁에 배치해 뒀어요. 인형들은 말도 하고 음식도 먹어 사람과 다를 바 없으니 시녀들도 알아보지 못할 거예요."

단순히 말만 하는 게 아니라 동일하게 흉내를 낸다고 하니 그야말로 기막힌 일이 아닐 수 없었다.

'이런 신기한 걸 만들어 내다니 정말 대단하군. 마탑의 천재 마법사라더니 그 말이 헛소문이 아니었어.'

라테르는 마법사 로디아에게 진정으로 감탄했다.

샤론 대륙이 아무리 기상천외한 일이 벌어지는 험지라 해도 로디아와 세리나가 있는 한 걱정할 일은 없을 것 같았다.

"역시 내가 네게 도움을 청하길 잘한 것 같구나, 아이리스. 아무튼 이렇게 된 이상 최대한 빨리 떠나도록 하자. 혹시라도 나칸이 눈치채면 골치 아파지게 된다."

"그건 그래요."

아이리스가 신호를 보내자 로디아가 하프를 켜며 뭐라 주문을 외웠다. 곧바로 바닥에 환한 마법진이 생겨났다.

"모두 마법진 위로 올라 주세요."

그 즉시 라테르 등이 마법진에 오르자 로디아는 다시 하프를 켜며 마법진을 발동시켰다.

디리링!

눈부신 빛무리가 그들을 휘감아 어딘가로 이동시켰다.

잠시 후 방 안에는 라테르와 세리나의 인형만 남아 있었고, 마법진은 흔적조차 보이지 않았다.

Chapter 3
다크 드래곤

마치 처음부터 아무런 일도 벌어지지 않은 듯 라테르의 인형은 조용히 앉아 책을 보고 있었고, 세리나의 인형은 말없이 라테르의 인형을 지켜보고 있었다.

이대로라면 누구도 라테르 등이 황궁을 빠져나간 사실을 알지 못할 것이다.

그러나.

돌연 라테르의 방에 붉은빛의 돌풍이 일며 한 명의 인물이 나타났으니.

그는 다름 아닌 나칸이었다.

'고대에 실전된 마법 인형을 재현하다니. 과연 루크 마

탑 최고의 천재답구나. 하지만 그래 봤자 내겐 잔재주에 불과할 뿐.'

놀랍게도 그는 인형의 정체를 단번에 알아보았다. 아니, 그뿐 아니라 라테르 일행이 황궁에서 사라진 것도 모두 알고 있었다.

'어리석은 것들! 내가 모를 거라고 생각했느냐? 내가 일부러 모른 척 지켜보고 있었다는 걸 너희들은 짐작도 못할 것이다.'

이미 알았다면 왜 지켜보고만 있었을까?

그 이유는 단 하나. 바로 그들을 죽이기 위함이었다.

황궁 안에서라면 그들을 죽일 수 없지만, 황궁 밖에서는 아주 손쉽게 죽일 수 있기 때문이다.

'이렇게 꼭두각시들을 만들어 두고 떠났으니 고맙다고 해야 할까?'

인형들이 있는 한 라테르 등이 모두 죽어도 황궁에서는 그 사실을 알지 못할 것이다. 나칸은 이 인형들을 통제해 자신의 말을 따르게 만들어 둘 생각이었다.

일순 그의 눈빛이 섬뜩하게 빛났다.

"마크!"

"예, 스승님!"

가느다란 남자의 음성. 나칸의 제자 중 하나인 마크였다.

"지금 즉시 용병들과 어새신들을 동원해 무슨 일이 있어도 그들을 죽여야 한다."

"맡겨 주십시오, 스승님."

마크가 어디론가 사라졌다. 나칸은 잠시 고민에 잠겼다.

과연 마크에게만 맡겨도 될 것인가? 마크가 유능한 제자이긴 하지만 저들 중에는 세리나와 로디아가 있다. 그들은 결코 만만한 존재들이 아니었다.

"스텔라!"

"네, 로드!"

어디선가 들리는 몽환적인 음성. 그녀는 죽음의 어새신이라 불리는 스텔라였다. 그런데 그녀가 설마 나칸의 비밀병기였을 줄이야.

"지켜보고 있다가 마크가 실패하면 네가 나서라. 그 전에는 굳이 네 존재를 드러낼 필요 없다."

"네, 로드!"

어둠 속에 숨어 있던 은밀한 그림자 하나가 어디론가 사라졌다.

나칸은 득의만만한 미소를 흘렸다.

'이로써 황궁의 골칫덩이들이 모두 사라지게 되는 것인가.'

2황자 라테르와 아이리스 황녀는 대놓고 나칸에게 적대

를 해 왔다. 그런 만큼 언제고 그들을 제거하려 했는데, 이번에 아주 좋은 기회를 얻은 것이었다.

'스텔라까지 나섰으니 그들의 목숨은 곧 사라지게 될 것이다.'

나칸은 의미심장하게 한 번 웃고는 어디론가 사라졌다.

*　　*　　*

그사이 로이스는 아스피스 성으로 귀환 중이었다.

하루를 꼬박 이동했으니 앞으로 이틀 정도만 더 가면 도착하게 될 것이다.

앞서 가던 라샤가 돌아와 말했다.

"날이 어두워졌어요, 로이스 님."

"아직은 밝으니 완전히 캄캄해질 때까지 이동해도 될 거야."

로이스는 조금이라도 빨리 성으로 귀환하고 싶은 터였다.

그런데 라샤가 뭔가 다급해 보이는 표정으로 말했다.

"날이 심상치 않아요. 최대한 빨리 야영을 준비하는 게 좋겠어요."

"그게 무슨 말이야? 날이 심상치 않다니?"

"바람의 흐름에서 미세하게 느껴져요. 곧 토네이도가 몰려올 것 같은 느낌이에요."

"토네이도?"

"어느 정도의 규모일지 모르지만 강도가 센 것이라면 어지간한 숲은 흔적도 없이 지워 버릴 수 있어요."

샤론 대륙의 이상 기후야 로이스도 잘 안다.

그런데 토네이도라는 것은 아직 한 번도 겪어 보지 않은 것이었다.

바람의 정령조차 두려워하는 폭풍이 존재할 줄이야!

아무튼 이럴 때는 라샤의 조언을 들어야 할 것이다.

"좋아. 그럼 어서 야영을 준비해. 집을 최대한 튼튼하게 만들어라, 아리스."

"예, 로이스 님. 맡겨 주십시오."

땅의 정령 아리스가 황급히 작업에 들어갔다. 보통 때보다 신속하게 움직이는 걸 보니 그 역시 토네이도의 무서움을 잘 알고 있는 모양이었다.

물의 정령 퓨리 또한 굳어진 안색으로 다가와 말했다.

"로이스 님, 아리스가 아무리 튼튼하게 집을 짓는다 해도 토네이도의 위력이 강하면 무력하게 부서지고 말 거예요. 미스토스의 결계를 펼쳐 방어하지 않으면 안 돼요."

"그럼 그걸 펼치도록 해."

로이스는 뭐가 걱정이냐는 듯 말했다. 퓨리는 릴리아나

로부터 특별히 미스토스의 사용을 위임받았기에 제한적이지만 미스토스의 결계를 펼치는 것이 가능했다. 그런데 퓨리가 난처하다는 표정을 지었다.

"릴리아나 님께 제가 받은 미스토스는 100옵소니온이었어요. 현재 남은 건 95옵소니온 정도고요."

그동안 사용한 게 고작 5옵소니온 정도라는 얘기다.

사실 정령들이 자신들의 존재를 감춰야 할 만큼 위급한 상황이 벌어진 적이 없기 때문에 미스토스를 거의 사용하지 않아도 되었던 것이다.

딱 한 번 로이스가 브라키스 숲의 스켈레톤들과 싸우는 동안 은신 결계를 펼쳤고, 그때 미스토스가 소모되었을 뿐이다.

"지금 남은 걸로 강력한 방어 결계를 펼치는 건 어렵지 않지만, 만약 토네이도가 생각보다 강력하면 95옵소니온으로는 오래 견디기 힘들 거예요."

"그러니까 네 말은 결국 미스토스가 부족해 자칫 곤란한 상황이 발생할 수도 있다는 얘기군."

"혹시라도 그런 상황이 생길 수 있어서 미리 말씀드리는 것이에요."

"염려 마. 그런 경우는 벌어지지 않으니까."

로이스는 씩 웃었다. 그 순간 퓨리의 눈에는 보이지 않지만 로이스의 시야에 선명하게 나타난 문자들.

[미스토스]

—소지 미스토스 : 16카퍼스 853옵소니온

—릴리아나에게 위임한 미스토스 : 11카퍼스 275옵소니온

—퓨리에게 위임한 미스토스 : 95옵소니온

[총 보유량 : 28카퍼스 223옵소니온]

군주의 목걸이가 주는 지혜 덕분에 로이스는 이런 것들도 어렵지 않게 이해할 수 있었다.

얼마 전 아스피스 성을 떠나기 전에는 릴리아나에게 위임했던 미스토스만이 전부였지만, 그사이 스켈레톤 로드와 언데드들을 해치우며 얻은 미스토스가 있었다.

즉, 현재 로이스가 가진 16카퍼스 853옵소니온이라는 미스토스는 아직 아무에게도 위임하지 않은 상태인 것이다.

곧바로 로이스는 퓨리를 바라보며 말했다.

"퓨리, 네게 1카퍼스의 미스토스를 위임하겠다. 그러니 걱정 말고 결계를 펼쳐라."

그 즉시 문자들이 나타났다.

[물의 정령 퓨리에게 1카퍼스의 미스토스를 위임합니다.]

[이로써 퓨리에게 위임한 미스토스는 총 1카퍼스 95옵소니온입니다.]

[위임한 미스토스는 언제든 거둘 수 있습니다.]

그 순간 퓨리 역시 자신에게 추가로 1카퍼스의 미스토스가 위임된 것을 알았는지 깜짝 놀라는 표정을 지었다.

"1카퍼스는 너무 많아요. 200옵소니온이면 충분할 거예요."

"성에 도착할 때까지 또 무슨 일이 벌어질지 모르잖아. 눈치 보지 말고 필요한 데 쓰도록 해. 남은 미스토스는 성에 도착하면 릴리아나가 알아서 가져갈 거야."

매번 필요한 미스토스를 조금씩 위임하는 건 귀찮은 일이다. 그런 건 로이스의 성격에 맞지 않았다.

"로이스 님의 배려에 감사드려요."

퓨리의 얼굴에서 수심이 사라졌다. 그녀는 즉시 미스토스를 사용해 아리스가 만들고 있는 야영 요새 주위에 결계를 펼치기 시작했다.

*　　　*　　　*

한편 그때 2황자 라테르 일행은 사르곤 제국의 북부, 멀리 샤론 대륙의 보랏빛 구름 지대가 보이는 작은 구릉 위에서 있었다.

로디아가 펼친 마법진이 그들을 이곳으로 인도한 것이다.

라테르가 상기된 표정으로 말했다.

“언젠가 저곳에 한 번 가 본 적이 있긴 했지. 그러나 며칠도 안 되어 다시 돌아왔는데, 이렇게 다시 또 가게 될 줄은 몰랐군.”

여행을 좋아하는 2황자가 샤론 대륙을 어찌 가 보지 않았겠는가.

그러나 대부분의 여행가들에게 그렇듯 샤론 대륙은 그다지 매력적이지 않은 여행지였다.

일단 밤만 되면 시작되는 이상 기후를 버텨 내는 것도 쉽지 않을 뿐 아니라, 끝없는 황무지만 펼쳐져 있어 방향을 잘못 들면 영원히 돌아올 수 없는 지경에 빠질 수도 있었다.

게다가 어쩌다 마주치는 숲에는 온갖 몬스터들이 득실거리고 있으니, 전설에서 말하는 무한의 대륙이니, 수많은 보물이니 하는 건 그저 말 좋아하는 얘기꾼들이 지어낸 허구라 여겨졌을 뿐이다.

그러나 저 샤론 대륙을 한 번도 가 보지 않은 이들에게는 여전히 신비와 모험이 가득한 동경의 세계이기도 했다.

황녀 아이리스 역시 마찬가지. 멀리 구름 지대를 바라보고 있는 그녀의 두 눈은 별처럼 초롱초롱 빛났다.

"그때 갔을 때 본 건 뭐였죠, 오라버니?"

"흐흐, 밤마다 사마귀 형상의 몬스터들이 쳐들어왔지. 말 그대로 지긋지긋했어. 특히 대왕 사마귀 몬스터 놈은 무척이나 강했다."

"대왕 사마귀라고요?"

"뿐이냐? 대왕 잠자리도 있다. 수많은 거대 잠자리 떼를 몰고 다니는 녀석이야. 거대 병정개미들은 또 얼마나 끔찍한 줄 아느냐? 게다가 거대 여왕개미는 더욱 끔찍하지."

"후후, 그래요?"

보통의 소녀들이라면 그 같은 말을 들었을 때 두려워 떨겠지만 아이리스는 그런 기색이 없었다. 오히려 더욱 흥미진진한 기색이었다.

라테르가 모두를 돌아보며 말했다.

"우리는 이제 저곳으로 들어간다. 아이리스! 넌 멋대로 돌아다니지 말고 내 말에 따라야 한다."

"알았어요, 오라버니."

아이리스가 고개를 끄덕였다. 라테르는 말을 이었다.

"세리나! 로디아! 그대들이 아무리 강하다 해도 방심을 하게 되면 무슨 일이 벌어질지 모른다. 마음의 대비를 철저히 해 두도록."

"예, 전하."

세리나와 로디아는 고개를 숙여 대답했다. 물론 그들의 표정은 여유로웠다. 샤론 대륙이 아무리 험한 곳이라 해도 그것은 보통 사람들에게나 그럴 뿐 이미 각각의 분야에서 마스터의 경지를 이룬 그들에게는 별다른 위협이 되지 않았기 때문이다.

그때 로디아가 힐끗 뒤쪽을 살피더니 안색을 굳혔다.

"지금 이곳으로 몰려오는 이들이 있어요."

그 말에 모두 놀라 로디아가 가리킨 곳을 바라봤다.

멀리 구릉의 남쪽 능선 아래에 각종 무기를 든 무사 수백여 명이 몰려들고 있었던 것이다. 아직은 먼 곳에 있어 그들의 정체를 알기 어려웠다.

순간 로디아의 두 눈이 환상처럼 빛났다.

먼 거리를 꿰뚫고 상대의 정체를 파악하는 고도의 탐지 마법. 심지어 가면이나 현혹 마법으로 정체를 숨긴다 해도 모조리 간파해 낼 수 있었다.

"저들 중에 대마법사 나칸의 제자 중 하나인 마크가 있군요. 그가 무사들을 이끌고 오는 중이에요. 장비를 보니 용병들 같아요."

아이리스가 놀라 로디아를 쳐다봤다.

"용병들이라고?"

"흑색의 드래곤 문양. 다크 드래곤이군요."

그 말에 모두 다시 깜짝 놀라는 표정을 지었다.

다크 드래곤!

라키아 대륙 최강의 용병단이지만 철저히 베일에 가려진 조직.

용병대원들 중에 마스터급 검사도 있을 정도이며, 암흑가에서 전설로 통하는 어새신들도 적지 않다 했다.

일설에 의하면 그들의 배후에 대마법사 나칸이 있다고 했지만 그저 떠도는 풍문일 뿐 확인된 것은 없었다.

아이리스가 당황한 듯 숨을 몰아쉬었다.

"나칸의 제자가 다크 드래곤 용병단을 끌고 온다면? 설마 나칸이 벌써 눈치를 챈 것일까?"

"그를 완전히 속일 수는 없다 생각했지만 이건 너무 빠르군요."

로디아도 난처해 하는 기색이었다. 라테르가 돌연 탄식했다.

"아마도 나칸은 처음부터 우리 계획을 모두 알고 있었을지도 모른다."

아이리스가 고개를 갸웃했다.

"그럴 리가요? 처음부터 알고 있었다면 왜 우릴 미리 막지 않은 거죠?"

"우릴 뒤탈 없이 처치하려 함이겠지. 황궁 밖이라면 누구의 눈치도 볼 것 없을 테니까."

"눈치를 안 본다?"

라테르가 무겁게 고개를 끄덕이며 말을 이었다.

"지금 황궁에는 우리와 동일한 형상을 가진 마법 인형들이 있다. 그것을 나칸이 이미 알고 있다면 과연 무슨 생각을 했을까?"

"……!"

그 말에 아이리스와 로디아의 안색이 창백하게 변했다. 좀처럼 표정의 변화를 드러내지 않는 세리나의 표정도 딱딱하게 굳어졌다.

아이리스가 치를 떨었다.

"그는 우릴 죽이고 그 인형들을 조종할 생각이에요."

"그로 인해 황궁에서 나칸을 반대하는 세력은 자취를 감추게 되겠지."

그러자 세리나가 다급히 말했다.

"지금이라도 돌아가는 게 좋겠습니다, 전하. 황궁이 완전히 나칸의 손아귀로 들어가게 둘 수는 없어요."

라테르는 고개를 흔들었다.

"아니, 우리는 돌아가지 않는다. 여기서 돌아가면 더더욱 희망은 사라지게 될 뿐이야. 어떻게든 용자를 만나서 그녀와 대책을 세워야 해. 물론 아시엘이 용자라는 전제하에서지만."

아이리스도 고개를 끄덕였다.

"오라버니의 말씀이 맞아요. 저들이 더 가까워지기 전에 서둘러 샤론 대륙으로 들어가도록 해요."

그러자 세리나가 슥 용병들 쪽을 살피며 말했다.

"전하와 마마의 뜻이 그러시다면 저는 따르겠어요. 그 전에 일단 저들부터 없애 버리는 게 어떨까요? 꼬리를 달고 있으니 영 거슬리는군요."

다크 드래곤의 용병들이 떼로 몰려오는데 그들을 없애 버리자고 말한다? 다른 이가 그런 말을 했으면 미쳤다고 하겠지만, 카로드 공작가의 이녀인 세리나의 입에서 나온 말이라면 미쳤다 할 수 없다.

사르곤 제국은 물론이고 라키아 대륙을 통틀어도 그녀를 상대할 만한 존재는 몇 되지 않기 때문이다.

라테르는 고개를 끄덕였다.

"나도 같은 생각이다, 세리나. 하지만 이곳은 우리가 자칫 포위될 우려가 있으니 쉽지 않을 것이다. 섣불리 공격하기보다 샤론 대륙에 들어가서 기회를 엿보도록 하자."

순간 로디아가 기이한 미소를 흘렸다.

"그 기회는 바로 지금이에요, 전하."

"무슨 복안이라도 있는 것인가, 로디아 경?"

"저들이 샤론 대륙으로 진입하는 바로 그 순간 저들을 전멸시키겠어요."

"지금 전멸이라 했나? 그게 가능한 일인가?"

라테르뿐 아니라 아이리스와 세리나도 깜짝 놀란 표정으로 로디아를 쳐다봤다. 로디아가 미소 지었다.

"네, 전하. 저 혼자서는 불가능한 일이지만 세리나 백작이 있으니 가능해요. 명을 내려 주시면 즉각 실행에 옮기겠어요."

"그럼 그대들을 믿어 보겠다."

"맡겨 주세요, 전하."

마스터급 검사와 마법사의 조합! 과연 이들이 어떤 엄청난 방법으로 다크 드래곤 용병단을 몰살시킬 것인지 라테르는 기대가 되었다.

"우선 우리는 최대한 빨리 샤론 대륙으로 진입해야 해요."

"좋아. 모두 이동한다."

곧바로 라테르 등은 구름 속으로 빠르게 사라졌다.

*　*　*

"저들이 눈치챈 것 같소이다, 마크."

"상관없소. 어차피 세간의 이목이 있으니 저들이 샤론 대륙으로 들어간 이후에 사냥을 시작해야 하오."

짙은 남색의 로브. 머리에는 후드를 눌러써 얼굴은 확인할 수 없지만 음영 아래 드러난 입가에 알 수 없는 미소가 맺혀 있는 것은 볼 수 있었다.

그가 바로 나칸의 제자인 마크였다.

그리고 마크의 옆에 있는 40대 중반의 날카로운 인상을 풍기는 사내.

그는 다크 드래곤 용병단의 단장 하카스였다. 소드 마스터에 이른 검술에 어새신으로서의 능력까지 겸비한 자타공인 대륙 최강의 용병.

"언제든 신호만 주시오, 마크. 저들의 목숨은 이미 우리 것이니까."

"세리나와 로디아는 절대 만만한 이들이 아니니 방심은 금물이오. 그렇지 않으면 아무리 그대들 다크 드래곤이라 해도 상당수 희생자가 발생할 것이오."

"그런 건 염려 마시오."

고작 4명의 사냥감을 처리하는 일에 무려 200명이나 되는 단원들이 동원되었다. 모두 용병단 내에서 최상급에 해당되는 용병들.

심지어 단주인 자신까지 나섰다.

이 정도면 어지간한 중소 왕국쯤은 쓸어버릴 만한 전력!

제아무리 세리나의 검술이 대단하다 해도, 또한 로디아가 아무리 신출귀몰한 마법을 펼친다 해도 200명이나 되는 다크 드래곤 용병들을 상대하기란 불가능한 일이었다.

하카스는 비릿하게 웃었다.

"수십 명만 왔어도 충분한데 무려 이백 명을 동원했소. 이건 실패하고 싶어도 실패할 수 없는 일이오."

그러자 마크가 차갑게 웃었다.

"그러니 조심하라는 것이오. 무조건 성공해야 하는 임무를 혹시라도 실패하게 된다면 그분께서 절대 용서하지 않을 것이니까."

"……!"

마크의 입에서 그분이라는 말이 튀어나오는 순간 하카스의 표정이 긴장으로 굳어졌다. 대륙 최강의 용병이라는 그를 이토록 긴장케 하는 이름.

다름 아닌 대마법사 나칸이었다.

하카스의 두 눈이 차갑게 번뜩였다.

"그분께 결코 실망을 드리는 일은 없을 것이니 염려 마시오."

동시에 그는 단원들을 향해 외쳤다.

"샤론 대륙으로 진입하는 즉시 기습을 시작할 것이다. 세리나는 내가 맡을 테니 어새신들은 로디아를 처리하고, 나머지 황자와 황녀를 죽인다."

"예, 단장."

"서둘러 이동해라. 날이 저물고 있으니 그 전에 처리해야 한다."

샤론 대륙의 밤. 몬스터들 따위야 별것 없지만 문제는 이상 기후였다. 악천후에 노출되면 용병들의 체력이 많이 떨어지게 된다. 밤에 야영을 반드시 하고 행군을 금해야하는 것은 바로 그 때문이었다.

따라서 사냥감이 시야에 들어온 지금 바로 사냥을 끝내는 것이 현명했다.

스스스스.

그사이 마크와 하카스를 비롯한 용병들은 보랏빛의 구름 지대에 접근했다. 용병들 중 하나가 외쳤다.

"샤론 대륙의 국경입니다. 이대로 진입할까요?"

"대열을 유지한 채 전진해라. 그리고 구름이 사라지면

즉각 그들을 공격해라."

"예, 단장."

사실 샤론 대륙이 무슨 왕국이나 제국은 아니지만 이 신비한 구름 지대가 한시도 사라지지 않고 경계를 형성하고 있어, 고대로부터 국경이라 불려 왔다.

스스스스.

그리고 이 신비한 구름 지대의 비밀을 밝혀낸 이는 그 누구도 없었다.

구름 지대에 발을 내딛는 순간 마치 아득한 공간을 이동하는 것과 같은 기분이 들고, 어느새 구름들은 저 뒤쪽으로 물러나 있기 때문이었다.

지금도 마찬가지.

다크 드래곤 용병들의 대열 뒤로 멀리 보랏빛 구름 지대가 보였다.

동시에 앞에 펼쳐진 것은 황량한 사막.

드디어 샤론 대륙으로 들어온 것이다.

그때 마법사 마크가 돌연 고개를 갸웃했다.

"이상하군. 분명 이곳엔 사막이 아니라 초원 지대가 나타나야 정상이건만."

그의 손에 들린 것은 지도였다. 지도에는 이곳 샤론 대륙의 국경으로부터 아시엘이 있는 곳까지의 지형이 상세하게 그려져 있었다.

그것은 일전에 야이젠 남작이 이끄는 흑기병 부대가 알아낸 정보를 바탕으로 사르곤 제국의 군부에서 작성한 것이라 신뢰할 만했다.

그러자 하카스가 혀를 찼다.

"뭘 그리 고민하시오, 마크? 내가 알기로 여긴 말이 초원이지 황무지나 다름없었소. 그리고 기상천외한 악천후로 인해 짙푸른 초원 지대라 해도 언제든 사막으로 변할 수 있는 곳이 바로 샤론 대륙 아니오?"

"그건 그렇소만 그들의 모습이 보이지 않는 것도 이상하오."

마크는 신중한 성격이었다. 갑자기 지도와 다른 지형이 나타난 것도 그렇고, 분명 시야에 들어와 있어야 할 라테르 일행이 보이지 않는 것도 이상했다.

"아무래도 안 되겠소. 뭔가 기분이 찜찜해. 일단 단원들을 뒤로 후퇴시키시오. 대책을 세운 후 다시 들어와야겠소."

순간 하카스가 발끈했다.

"지금 무슨 말씀이시오? 눈앞에 들어온 사냥감을 이대로 놓치자는 것이오?"

"놓치자는 게 아니라 신중하게 하자는 것이오. 어차피 그들은 우리의 손아귀에 있는 것이나 마찬가지지요."

그러나 하카스는 코웃음 쳤다.

"흥! 역시 마법사들은 너무 소심하군. 마크, 당신이나 뒤로 물러나 있으시오. 내가 저들의 목을 가지고 돌아올 테니."

곧바로 그는 용병들을 향해 크게 외쳤다.

"놈들이 멀리 가지 않았을 것이다. 속히 그들을 쫓아라!"

"예, 단주!"

하카스의 명이 떨어지는 순간 다크 드래곤의 용병들이 일제히 앞으로 달려갔다.

그런데 그들이 그렇게 얼마나 이동했을까?

휘이이이!

돌연 하늘이 시커멓게 뒤덮이더니 뒤쪽에서 모래 폭풍이 나타났다.

쒸이이이—

그 규모는 그야말로 거대하기 이를 데 없었으니!

회오리바람이 마치 하늘 꼭대기까지 솟구쳐 있는 듯했던 것이다.

"토, 토네이도!"

"이럴 수가! 토네이도라니!"

고대의 전설에 종종 등장하는 샤론 대륙의 토네이도!

그것이 지나가면 지도를 새로 그려야 할 정도로 지형이 완전 바뀌어 버린다 했다. 그 와중에 웬만한 숲과 강이 사라지는 것은 당연한 일이었다.

하지만 최근 수백 년 동안 샤론 대륙을 여행했던 그 누구도 토네이도를 만났다는 말을 한 적이 없었다.

그런데 지금 그 토네이도가 난데없이 뒤쪽에 나타난 것이다.

'설마 로디아가?'

그러나 지금껏 그 어떤 마법도 저토록 대단한 규모의 토네이도를 펼쳤다는 얘기는 들어 본 적 없었다. 그가 가장 두려워하는 존재인 대마법사 나칸이라 할지라도 저런 토네이도를 발생시키는 것은 불가능했다.

"피해라! 속히 저것의 반경으로부터 빠져나간다!"

하카스가 다급히 외쳤다. 그는 뭔가 잘못되었다는 느낌이 들긴 했지만, 지금은 일단 저 무서운 토네이도를 피하는 것이 관건이었다.

"최대한 멀리 피해라! 토네이도가 사라진 후 다시 집결한다."

그러나 그의 외침은 거친 토네이도의 포효 속에 묻혀 버렸다.

Chapter 4
죽음의 토네이도

쒸이이이이!

사방이 어두컴컴하게 변했다.

인간이 아닌 신의 영역이라 여겨지는 대자연의 재앙!

그 앞에서는 아무리 소드 마스터인 하카스라 해도 별수 없었다.

살길은 오직 피하는 것뿐.

그 역시 지금은 살기 위해 토네이도의 반대편으로 전력을 다해 질주했다.

"……!"

그런데 일순 그토록 무시무시하게 사방에서 몰아치던 토

네이도가 흔적도 없이 사라져 버렸다.

주변은 다시 고요한 사막.

사방 어디를 둘러봐도 오직 모래벌판뿐이었다.

'이게 무슨 일인가? 토네이도가 그토록 빨리 사라지다니!'

게다가 그는 방향도 잃어버렸다. 어느 쪽으로 가야 샤론 대륙을 벗어나 다시 라키아 대륙으로 갈 수 있을지도 알 수 없었다. 보랏빛 구름 지대 역시 흔적도 보이지 않았기 때문이다.

"아무도 없느냐? 나는 단장 하카스다."

그는 혹시라도 다크 드래곤의 용병들이 근처에 있을지 모른다는 생각에 마나까지 실어 크게 외쳤지만 어디서도 반응은 없었다.

* * *

한편 그때 세리나와 로디아는 전면에 펼쳐 놓은 거대한 결계를 쳐다보고 있었다.

짙은 안개로 뒤덮여 있어 안에서 무슨 일이 벌어지고 있는지 잘 보이지 않았지만, 로디아가 언뜻 봐도 2백 명은 되어 보이는 다크 드래곤의 용병들을 저 결계 안에 가둬 버렸다는 것은 분명했다.

그래서일까?

로디아의 안색은 창백하게 변했고 식은땀까지 흘리고 있었다.

"지금이에요. 이제 세리나 백작 당신이 나설 차례예요. 결계로 들어가 저들을 차례차례 하나씩 해치워 주세요."

그러자 세리나가 고개를 갸웃했다.

"대체 저 안에서 무슨 일이 벌어지고 있는 것이죠?"

"토네이도 허상을 이용해 저들을 흩어지게 한 후 각각 다른 공간으로 분리시켰어요."

"다른 공간?"

"저 안엔 현재 도합 202개의 결계가 펼쳐져 있어요. 각 사람마다 하나의 결계에 갇혀 있어 당신은 한 번에 한 사람씩만 상대하면 돼요."

"일대일로만?"

세리나의 두 눈이 휘둥그레 커졌다. 세상에! 기막힌 일이 아닐 수 없었다.

한 번에 무려 202개의 결계를 펼쳐 사람들을 분리시키다니.

그게 대체 어떻게 가능한 것일까?

물론 지금은 그런 게 중요한 것이 아니었다. 정말로 로디아의 말이 사실이라면 세리나는 어렵지 않게 저들을 전멸시킬 수 있기 때문이다.

다크 드래곤 용병들이 한 번에 협공을 한다면 아무리 그녀라 해도 상당히 어려운 승부가 될 수밖에 없다. 그 와중에 2황자와 황녀 등을 보호해야 하는 것도 쉽지 않은 일.

그러나 한 번에 하나씩 상대한다면 그녀의 승리로 끝날 것이다.

저들 중 그녀와 일대일로 몇 합 이상 버텨 낼 만한 이가 거의 없을 테니까.

"한 명을 죽이면 그 결계가 사라지고, 다른 결계가 나타나는 식이에요. 서둘러 주세요. 내가 저 결계들을 유지할 수 있는 시간은 길지 않아요."

로디아의 안색은 더욱 창백하게 변해 있었다.

하긴 아무리 천재 마법사라 불리는 그녀라 해도 저토록 엄청난 마법을 펼쳤으니 몸이 버텨 내기 쉽지 않을 것이다.

슷.

세리나는 지체할 수 없다는 생각에 그 즉시 결계로 뛰어들었다.

'로디아, 그녀는 정말 대단하구나. 상상을 초월한 마법을 펼쳤어.'

과연 로디아가 인간이 맞을까 싶을 정도였다. 덕분에 세리나로서는 아주 유리한 전투를 수행할 수 있게 됐지만.

스스스스.

그때 바로 앞의 지형이 바뀌며 황량한 사막이 모습을 드러냈다.

그곳에는 웬 배틀 엑스를 쥔 거대한 덩치의 사내가 주위를 두리번거리고 있었는데, 세리나를 발견하자 흠칫 놀라는 표정을 지었다.

"아니, 너는 혹시……?"

그러나 그의 말은 이어지지 못했다. 세리나가 그 즉시 달려가 그의 목을 날려 버렸기 때문이다.

서걱—

맥없이 목에서 분리되는 사내의 머리.

그것이 바닥에 떨어지기도 전에 세리나는 다른 공간에서 있었다.

그사이 하나의 결계가 사라지고, 또 다른 결계 속으로 이동한 것이다.

"헉! 다, 당신은…… 크악!"

그곳에 있던 용병 마법사도 세리나를 발견하고 놀라 입을 쩍 벌렸지만, 그 입을 다물기도 전에 그는 가슴이 반쪽나 버렸다.

그런 식으로 세리나는 다크 드래곤의 용병들을 무자비하

게 학살했다.

하나의 결계가 사라지고 나타나는 새로운 결계에 누가 있을지 모른다.

다크 드래곤의 수장인 하카스가 있을 수도 있고, 대마법사 나칸의 제자인 마크가 있을 수도 있었다.

기왕이면 그들이 빨리 걸려들기를 바라고 있었지만, 어차피 결계가 유지되기만 한다면 모두 그녀의 손에 죽고 말 것이다.

서걱! 촤악! 서걱!

그사이에도 결계는 계속 사라져 갔다. 그 안에 있는 용병도 결계가 사라지는 것과 동시에 무참히 죽임을 당했다.

어느덧 100개가 넘는 결계가 사라졌다.

이는 벌써 다크 드래곤 용병단의 반수가 죽임을 당했다는 뜻.

그래도 세리나는 조금도 속도를 늦추지 않았다.

'서둘러야 해. 혹시라도 로디아의 마나가 소진되어 결계가 풀리면 골치 아파질 거야.'

따라서 그녀는 앞의 용병들에게 그 어떤 동정심도 품지 않았다.

"크아아악!"

이번에도 단 일검에 용병 하나가 반쪽이 났다.

스스스.

그리고 다시 나타난 공간.

그곳엔 날카로운 눈빛을 가진 사내가 팔짱을 낀 채 서 있었다.

한눈에 보기에도 심상치 않은 기세를 뿜어내는 이.

다름 아닌 다크 드래곤의 단장 하카스였다.

"너는 세리나?"

"여기 있었군, 하카스. 널 꽤 찾아다녔다."

세리나의 두 눈이 차갑게 빛났다. 하카스는 그녀가 전력을 다해야 승리를 거둘 수 있는 상대인 만큼 조금의 방심도 허용할 수 없었다.

그때 하카스가 물었다.

"여긴 어디냐? 나의 부하들은 어디에 있느냐?"

"그런 건 지옥에 가서 물어보시지."

세리나의 검이 하카스의 가슴을 노렸다. 마치 순간 이동이라도 한 것처럼 빠른 속도라 애초부터 그녀의 검이 하카스의 가슴 부위에 있었던 것처럼 느껴졌다.

카앙!

하카스가 잽싸게 검을 휘둘러 막았다. 명색이 소드 마스터인 만큼 단순한 기습 정도로는 그를 쓰러뜨리기 힘들었다.

그러나 애초부터 세리나는 하카스의 가슴을 노린 것이 아니었다.

방금의 기습은 하카스의 검이 움직이도록 유인한 후 그 틈을 노려 다른 곳을 공격하기 위함이었다.

팟!

그 부위는 다름 아닌 하카스의 검을 쥔 손목.

매우 기초적인 공격이지만, 그것이 세리나에 의해 펼쳐진 순간 섬뜩한 위력을 발휘했다.

서걱!

하카스가 기겁하며 손을 빼냈지만 그의 손은 검과 함께 잘려 나가고 말았다.

"이, 이런 말도 안 되는!"

하카스는 손이 잘린 고통보다 이렇게 허무하게 자신이 패배하게 된 것에 더 큰 충격을 받은 듯 허탈한 표정이었다.

세리나의 입가에 조소가 일었다. 말이 안 되긴 뭐가 안 되는 것일까?

방금 전 그녀는 그 일격에 자신의 목숨을 건 것이나 마찬가지였다.

실패할 경우 치명적인 반격을 받게 되어 그녀라도 무사하지 못했을 것이다.

그만큼 지금 그녀는 필사적인 공격을 펼쳤고, 하카스는 그런 그녀의 공격에 당했을 뿐이다.

"그만 가랏!"

세리나의 검이 이번에는 하카스의 목을 노렸다. 무기가 사라져 무력하게 노출된 하카스의 목을 향해 짙푸른 오러의 검이 바람처럼 날아들었다.

"……!"

그런데 세리나가 돌연 깜짝 놀라며 검을 거두었다. 난데없이 그녀를 향해 쇄도한 섬뜩한 기운 때문이었다.

좌악!

본능적으로 피했지만 그녀의 옆구리에서 피가 튀었다.

길게 베여진 상처.

기를 쓰고 피했기에 치명상은 면했지만 그래도 무시할 수 없는 상처였다.

뚝. 뚝.

옆구리에서 쏟아져 나온 피가 건조한 사막의 모래를 붉게 적셨다.

그러나 세리나는 고통을 느낄 만큼 여유롭지 않았다. 연이어 그녀를 향해 날아드는 환상 같은 공격을 피해야 했기 때문이다.

번쩍! 번쩍!

도무지 어디서 오는지도 알 수 없었다. 그저 몸에 엄습하는 살기에 반응하여 본능적으로 피해야 했다.

'으윽! 대체 누가?'

세리나는 혼란에 빠졌다. 그녀는 지금껏 검을 쥔 이래 지금처럼 무력해 본 적이 없었다.

상대가 누군지도 모른다. 심지어 검이 날아오는 방향조차도 가늠할 수 없다.

따라서 막는 것은 불가능했다.

그저 살기 위해 몸부림치며 본능적으로 피하는 것 외에는 다른 수가 없었다.

푹! 푸확!

그녀의 왼쪽 팔뚝이 찢겨 나가고, 오른쪽 허벅지가 깊게 파였다.

상처들이 깊었다. 몸이 느려지고 있어 이대로라면 더 이상 공격을 피하지 못하고 죽게 될 것이다.

"어서 이쪽으로 오세요, 세리나!"

그런데 바로 그 순간.

사방의 정경이 뒤바뀌더니 앞쪽에서 로디아의 다급한 외침이 일었다.

아까에 비해 훨씬 더 창백해진 상태의 로디아가 입가에 피를 흘리며 그녀를 다급히 부르고 있었다.

"이게 어찌 된 일이죠?"

"예상치 못한 강적이 나타났어요. 잠깐 결계에 가둬 두었지만 금세 빠져나올 거예요. 그 전에 최대한 멀리 피해야 해요."

로디아의 옆에는 라테르와 아이리스도 침중한 표정으로 서 있었다. 그사이 아이리스는 푸른 보석이 박힌 완드를 손에 쥐고 있었는데 세리나가 결계 밖으로 나오자 그 즉시 뭐라 주문을 외웠다.

"그레이트 힐!"

화악!

순간 완드에서 환한 빛이 일어나 세리나의 몸을 감쌌다.

그로 인해 옆구리와 허벅지, 팔뚝의 상처들이 빠르게 아물기 시작했다.

아이리스가 회복 마법을 펼쳐 준 것이다.

이에 감동한 세리나가 한쪽 무릎을 꿇으며 크게 외쳤다.

"아. 황녀마마의 은혜 잊지 않겠습니다!"

아이리스는 손을 휘저었다.

"일어나라, 세리나 경. 지금은 그런 격식을 갖출 때가 아니다. 최대한 빨리 이곳에서 벗어나야 해."

"예, 마마. 제가 앞서겠어요."

세리나는 즉시 일어나 달렸다. 라테르와 아이리스, 로디아는 세리나의 뒤를 따라 달렸다.

이미 날은 어두워졌고 샤론 대륙의 악명 높은 밤이 찾아왔다.

"키키키!"

"크크크!"

주변에서 정체를 알 수 없는 각종 몬스터들이 하나둘 모습을 드러냈지만, 세리나의 검에 의해 그것들은 모조리 반쪽이 나 버렸다. 정신없이 몬스터들을 해치우며 나아가면서도 세리나의 이동 속도는 조금도 줄지 않았다.

'대체 누구일까? 누가 나를 그렇게 일방적으로 몰아붙였을까?'

얼마나 큰 충격을 받았는지 지금도 그녀의 뇌리에는 온통 그 생각뿐이었다.

*　　　*　　　*

그들이 사라진 지 얼마나 지났을까?

콰앙!

폭음과 함께 결계가 산산조각 났다. 그 사이로 대략 백여 명의 인물들이 모습을 드러냈다.

다크 드래곤의 단장 하카스와 휘하 용병들. 그리고 마법사 마크였다.

뜻밖의 습격에 용병들의 절반이 목숨을 잃고 말아 전력은 급격히 감소한 상태였다.

더구나 하카스는 오른쪽 손목까지 잃고 말았으니. 그는 치를 떨었다.

"크으윽! 그들이 그런 비열한 방법을 쓸 줄이야. 이게 대체 무슨 꼴인가?"

마크가 혀를 찼다.

"그러게 내가 뭐라 했소? 일단 돌아가서 대책을 세우자고 하지 않았소? 내 말을 귓등으로도 듣지 않더니 꼴좋군."

순간 하카스는 욱하고 폭발하고 말았다. 그는 지금 한쪽 손목이 잘린 데다 부하들을 절반이나 잃은 상태가 아닌가. 그냥 내버려 둬도 미쳐 팔짝 뛸 상태인 그의 뺨을 마크가 후려치고 있는 것이다.

"닥쳐라! 마크, 네놈이 제대로 된 마법사라면 그런 결계쯤은 해제할 수 있어야 했다. 나칸 님의 제자만 아니었다면 네놈은 오늘 내 손에 죽었을 것이다."

"큭! 적반하장이로군. 내 말을 듣지 않아 일을 망친 건 바로 네놈이다. 이 일을 그대로 스승님께 보고한다면 네놈이 어찌 될지 상상해 보았느냐?"

마크 역시 화가 잔뜩 난 상태였다. 하카스의 성급한 판단으로 하마터면 몰살을 당할 뻔했기 때문이다.

그런데 그때 어디선가 싸늘한 음성이 들려왔으니.

"한심한 자들. 기껏 살려 줬더니 서로 싸우고 있는 것인가?"

여자의 음성이었다. 꿈결처럼 몽롱하면서도 섬뜩한 느낌이 물씬 풍겨 나는 기이한 음성.

그 순간 하카스와 마크가 일제히 몸을 부르르 떨었다.

"다, 당신은 설마?"

"그러고 보니 당신이 우리를 구해 준 것이오? 스테……헙!"

마크가 돌연 자신의 입을 막고 움찔했다. 그녀의 이름을 발설하는 것 자체가 죽음을 자초하는 것이기 때문이다.

아니나 다를까, 아까보다 훨씬 강력한 살기가 어둠 속에서 뿜어져 나왔다.

"죽고 싶은가 보군."

"그, 그럴 리가 있겠소? 두 번 다시 실수하지 않겠소. 미안하오."

그제야 어둠 어딘가에서 풍겨 오던 숨 막히는 살기가 사라졌다.

그사이 그녀는 어디론가 이동한 듯했다. 틀림없이 2황자 일행을 추격하고 있을 것이다.

마크는 안도의 한숨을 내쉬었다.

"휴! 내 목이 붙어 있다니 다행이군."

하카스 역시 죽었다 살아난 표정이었다.

"여하튼 그녀가 나섰으니 그들은 끝장이 날 거요."

"그렇다면 그들의 시체라도 확인해야 하오. 일단 오늘은 밤이 되었으니 야영을 하는 게 좋겠소. 날이 밝는 즉시 전열을 정비해 수색해 봅시다."

"알았소."

하카스와 마크는 언제 싸웠냐는 듯 회심의 미소를 지으며 고개를 끄덕였다.

그러던 그들의 표정이 다시 굳어졌으니.

휘이이이—

갑자기 어디선가 세찬 바람이 불어왔기 때문이었다.

휘이이! 휘이이이이—

그런데 그 바람의 세기는 점점 더 강렬해졌다. 아무리 봐도 심상치 않았다. 딱 봐도 폭풍이 몰려오는 전조였다.

하카스가 인상을 찌푸렸다.

"아무래도 또 그 마법사의 짓인 게 분명하오."

한 번 속지 두 번은 속지는 않겠다는 뜻. 그는 아까 봤던 그 거대한 토네이도가 실제가 아니었음을 이제 알고 있다. 마법사 로디아의 마법으로 만들어진 허상이었음 역시 말이다.

"모두 이곳으로 집결하라. 어떤 일이 있어도 흩어지면 안 된다."

"예, 단장."

용병들도 하카스와 생각이 같은지 그의 곁으로 일제히 모여들었다.

"으득! 또 그 마법사 년이 우리를 흩어 놓고 각개 격파하려는 속셈인가 봅니다."

"이번에는 절대 당할 수 없습니다, 단장."

"그것들이 오면 찢어 죽입시다!"

용병들은 악에 받쳐 있었다. 또한 그들은 따로 흩어져 각개격파만 당하지 않으면 절대 지지 않으리라 확신했다.

그러나 마법사 마크는 그들과 의견이 달랐다.

"잠깐! 이 바람은 정말로 심상치 않으니 최대한 빨리 이곳을 빠져나가는 게 좋겠소. 국경이 여기서 멀지 않으니 어서 샤론 대륙을 벗어나 라키아 대륙으로 돌아갑시다!"

그러자 하카스를 비롯한 용병들의 표정이 험악하게 변했다.

"헛소리! 지금 부는 바람은 허상일 뿐이오."

"아직도 모르겠수? 이건 그 교활한 마법사 년의 농간이 분명해."

"여기서 물러나는 건 그들의 농간에 놀아나는 것이오!"

모두들 마크를 한심하다는 듯 쳐다보고 있었다. 마크는 속이 터져 미칠 지경이었다.

'결국 또 내 말을 듣지 않는군.'

여기서 말을 더해 봤자 뭣하겠는가.

마크는 혼자서라도 빠져나가기로 했다.

아무리 살펴봐도 지금 부는 이 바람은 거대한 폭풍의 전조였기 때문이다.

어쩌면 아까 허상으로 봤던 토네이도 못지않은 무서운 재앙이 실제로 일어날 수도 있는 것이다.

고대의 전설에나 등장했던 무서운 폭풍!

수백 년간 본 이가 없다고 했지만 샤론 대륙이라면 그런 것이 실제로 나타나도 전혀 이상하지 않은 곳이었다.

"난 분명히 나의 의견을 전했소. 나의 말을 듣지 않은 건 그대들이니 나중에 후회들 마시오."

그 말을 끝으로 마크의 모습은 사라졌다.

"크하하하! 겁쟁이 같으니."

"킬킬킬! 마법사라고 똑똑한 척하더니 같은 수법에 속는 건가?"

용병들이 키득거렸다. 그들 중에는 마법사들도 있었지만 아무도 마크의 의견에 동조하는 이는 없었다.

다만 단장인 하카스는 살짝 표정이 굳어 있었다.

마크가 진짜로 혼자 도주할 줄은 몰랐기 때문이다.

'설마 그의 말이 사실은 아니겠지?'

마크가 워낙 강경하게 말한 터라 왠지 찜찜한 구석이 없지 않았지만, 이제 와서 그의 말을 듣자니 용병들에게 체면이 서지 않았다.

'아닐 것이다. 쓸데없는 걱정일 뿐이야.'

전설에나 등상하는 토네이도가 하필이면 지금 생겨날 리가 있겠는가.

설령 지금 부는 바람이 허상이 아닐지라도 그냥 잠시 세찬 바람과 함께 폭우 정도가 쏟아질 뿐이리라.

토네이도는 절대 아닐 것이다!

그렇게 하카스는 확신했다.

그러나 그런 그의 확신과는 달리 바람은 점점 더 세게 불어왔다.

휘이이이! 휘이이이—

그러다 암흑 속에서 모습을 드러낸 거대한 회오리바람!

번쩍! 번쩍!

콰르르릉! 콰르르르!

처음에는 긴가민가했지만 번개가 치며 암흑을 밝히는 순간 하카스를 비롯한 용병들은 두 눈을 부릅뜨고 말았다.

저 멀리서 하늘과 땅을 연결하고 있는 거대한 바람의 기둥!

"저, 저게 뭐냐?"

"허억! 토, 토네이도!"

"잠깐, 저건 허상이다. 놀라지 마라!"

"흩어지지 마라!"

그들은 두려움 속에서도 그것이 허상이라 부르짖었다. 그러나 토네이도가 점점 더 가까워질수록 뭔가 잘못되었다는 느낌이 들었다.

쿠르르릉!

콰콰콰콰콰콰콰—!

사방이 무너지는 듯한 거대한 폭풍!

그것은 마법사 로디아가 허상으로 만들어 낸 것과는 비교할 수도 없을 만큼 강력했다.

마치 세상의 종말이라도 온 것 같았다.

"피해라!"

"진짜 토네이도다!"

"으아아악! 살려 줘!"

용병들은 패닉 상태에 빠져 도주했지만, 토네이도는 이미 그들을 뒤덮은 후였다.

*　　*　　*

한편 그때 라테르 황자 일행은 난데없이 나타난 정체불명의 적과 대치 중이었다.

흑색의 후드를 눌러쓴 여성.

후드 아래로 반쯤 드러난 얼굴만으로도 그녀가 아름다운 여성임을 알 수 있었다. 특히나 루비처럼 붉은 입술이 유난히 하얀 피부로 인해 더욱 돋보였다.

"훗, 제법 버티는군."

그녀의 입술이 조소를 머금었다. 그녀의 앞에는 피투성이 상태의 세리나가 비틀거리고 있었고, 마찬가지로 마법사 로디아도 거의 실신 직전의 상태로 숨을 헐떡이고 있었다.

소드 마스터인 세리나와 마스터급 마법사인 로디아의 합공을 무력화시킨 존재!

물론 세리나와 로디아가 상당히 지친 상태라지만, 이는 매우 놀라운 일이었다.

더구나 검은 후드의 여인은 아이리스가 회복 마법을 펼쳐 세리나와 로디아를 구해 주려는 순간마다 알 수 없는 방법으로 마법 시전을 방해했다.

그로 인해 아이리스는 더 이상 마나를 끌어올릴 수 없을 만큼 지치고 말았다.

또한 라테르가 쥐고 있는 검은 부러져 반 토막 난 상태였으니.

사실상 4대 1의 대결에서 그들은 패배한 것이다.

이대로라면 라테르 일행은 용자 아시엘을 만나 보기는커녕 이곳에서 처참한 죽임을 당하고 말 터였다.

"너는 누구냐?"

라테르가 검은 후드 여인을 노려보며 물었다.

"……."

그러나 여인은 아무런 말도 하지 않고 비릿한 냉소만 흘렸다. 순간 아이리스가 두 눈을 빛내며 외쳤다.

"혹시 죽음의 어새신이라 불리는 스텔라? 틀림없어. 그대가 바로 그 스텔라로군."

그러자 검은 후드 여인이 의외란 듯 어깨를 으쓱하더니 슬쩍 한쪽 무릎을 숙이며 예를 취했다.

"고귀하신 분께서 미천한 저의 이름을 다 알고 계시다니 영광이로군요. 역시나 명성대로 무척 아름다우시네요."

꿈결처럼 몽환적으로 들려오는 음성이었다. 그 말에 아이리스와 라테르는 물론이고, 쓰러지기 직전인 상태의 세리나와 로디아도 깜짝 놀란 표정을 지었다.

설마 했지만 스텔라라니!

비로소 세리나는 자신이 왜 그리 무력하게 당했는지 이해할 수 있었다. 그녀는 스텔라를 사납게 노려봤다.

"스텔라! 너는 이분들이 누군지 알고도 감히 공격을 하는 것이냐?"

"훗, 왜 모를까? 라테르 이황자 전하와 아이리스 황녀마마. 그리고 그대는 세리나 백작. 그 옆엔 마법사 로디아."

"알면서도 공격한 거라면 너 또한 나칸의 하수인인 것이냐?"

"후후, 당신들에게 원한은 없지만 난 명령을 받은 대로 수행할 뿐. 그만 모두 죽어 줘야겠어."

후드 아래 음영 속에서 스텔라의 두 눈이 섬뜩하게 빛났다. 그와 함께 그녀의 전신에서 숨이 막힐 듯한 살기가 뿜어져 나왔다.

"으윽!"

"아……!"

살기에 눌린 라테르와 아이리스가 비틀거렸다. 그러자 세리나가 이를 악물고 스텔라를 향해 검을 겨눴다.

"흥! 네 뜻대로는 되지 않을 것이다."

죽음을 불사했는지 세리나의 눈빛은 이글거렸다. 그녀가 쥔 검신에서는 다시 짙푸른 오러 블레이드가 형성되었다.

뿐만 아니라 로디아 역시 최후의 마나를 짜냈는지 하프를 중심으로 환한 광채가 일어나 그녀의 주위를 휘돌고 있었다.

그때 돌연 스텔라가 인상을 찌푸렸다. 그녀는 뭔가에 놀랐는지 당황하는 기색이었다.

휘이이이이—!

콰르르릉!

폭풍이었다. 아까부터 세차게 몰아치던 바람이 심상치 않았는데, 급기야 그것이 거대한 폭풍을 형성했다.

"이, 이건 설마?"

"토네이도!"

"이런 말도 안 되는!"

놀란 것은 스텔라만이 아니었다. 라테르 일행도 자신들을 향해 다가오는 거대한 바람기둥을 발견하고는 경악하고 말았다.

스텔라는 지금 빨리 피하지 않으면 자신도 위험하다는 사실을 깨달았다.

'괜히 지체했어. 저들을 진작 끝장냈어야 했는데.'

세리나와 로디아가 필사적으로 저항을 하는 터라 단번에 끝장을 내기란 쉽지 않은 상황.

그렇다고 저들을 죽이자고 그녀 자신의 목숨을 걸 생각

은 없었다.

"훗, 어차피 그 꼴로는 저 토네이도를 버티지 못하겠군. 굳이 내 손에 피를 묻힐 필요가 없겠어."

스텔라는 그 말을 끝으로 토네이도가 다가오는 반대 방향으로 사라졌다.

번쩍! 콰르르릉!

쿠콰콰콰콰콰—!

그사이 토네이도는 더욱 가까워졌다. 로디아가 다급히 하프를 켰다.

디리링.

"이대로 저 토네이도에 휘말리면 살아날 수 없어요. 제 근처로 모이세요."

그녀의 주위로 백색의 마법진이 생겨났다. 라테르 등은 재빨리 그 마법진 위로 올라섰다.

화아악!

마법진에서 일어난 광채가 라테르 등의 몸을 뒤덮는 순간 토네이도의 폭풍이 그곳을 휩쓸고 지나갔다.

Chapter 5
아직 싸움은 끝난 게 아니야

쏴아아! 쏴아아아아아아—

번쩍! 번쩍!

콰르르르! 쿠콰콰콰콰콰쾅!

토네이도와 함께 끝없이 쏟아져 내리는 폭우. 뇌전과 뇌성 또한 그침이 없었다.

그러나 로이스는 땅의 정령 아리스가 만들어 놓은 요새형 저택에서 편안한 휴식을 즐기고 있었다. 물론 로이스에게 있어 휴식의 대부분은 검술 수련으로 이루어졌지만 말이다.

미스토스의 안전 결계가 펼쳐진 터라 거대한 토네이도가

정면으로 다가와도 이 집은 꿈쩍도 하지 않았다.

마치 토네이도와 다른 공간에라도 있는 듯 토네이도는 로이스의 집에 아무런 피해도 줄 수 없었다.

그사이 로이스는 꾸준히 검술을 수련해 한 손 검 전술이 18단계가 되었다.

이는 할버드 전술을 올릴 때에 비해 비약적으로 빨라진 속도였다.

모두 레벨이 상승한 덕분이었다.

"그나저나 무려 이틀이 넘게 비가 오는군."

결계 내부는 비 한 방울 떨어지지 않고 적당한 습도를 유지했지만, 결계 외부는 온통 물 천지였다. 언뜻 보면 사방이 바다로 변해 버린 듯 느껴질 정도.

실제로 그사이 웬만한 숲들은 거의 사라져 버린 터였다.

정령들은 도처에 새로운 강과 호수가 생겨났을 거라고 했다. 또한 비가 그치면 새로운 숲들이 금방 생겨날 거라는 말도 했다. 그 또한 라키아 대륙 같은 곳에서는 이해될 수 없는 샤론 대륙만의 신비일 것이다.

"안 되겠어. 이렇게 죽치고 있기보다 또 수련이나 해야지."

로이스의 수련을 위해 아리스는 요새 석벽 내부에 수련장으로 적합한 넓은 공간을 만들었다.

로이스는 그 공간에 오른손에는 검을, 왼손으로는 할버드를 쥔 채 섰다.

이제는 단순히 검이나 할버드를 휘두르는 것만으로는 각각의 전술이 상승하지 않는다. 실전에서 해당 전술로 적을 쓰러뜨려야 상승하기 때문이다.

따라서 로이스는 전술을 올리기보다 스스로의 방식으로 전투 요령을 연구 중이었다.

'검으로 절호의 일격을 펼치고 할버드로 마무리를 하는 게 의외로 쓸 만했어.'

얼마 전 스켈레톤 로드와 싸울 때 그가 사용했던 방법이었다.

누가 알려 준 것이 아니라 그냥 본능적으로 그렇게 펼쳤는데 그것이 아주 탁월한 위력을 발휘했다.

'언제 어떤 상황에서든 그 기술을 펼칠 수 있게 연습을 해 두자.'

그러기 위해서는 처음부터 이 기괴한 조합의 무기를 동시에 들고 싸울 수 있어야 한다.

오른손에 쥔 검이야 별 문제가 아니지만, 기다란 장병기인 할버드를 왼손으로만 휘두르며 적에게 위력적인 공격을 구사할 수 있을지가 관건이었다.

그러나 괴력을 가진 로이스에게는 할버드 또한 한 손 검처럼 가볍게 느껴질 뿐이었다. 마치 양손으로 할버드를 휘두르듯 거침이 없고 동작이 부드러웠다.

휭휭! 휘휘휘휘!

그와 동시에 때때로 할버드를 바닥에 쿵 꽂아 놓은 후 오른손의 검을 휘두르기도 했다.

그러던 로이스는 일순 고개를 흔들었다.

'뭔가 어색해. 이건 하나의 무기만 휘두르는 것만 못하잖아.'

언뜻 보기엔 그럴듯하지만 각각의 무기가 다른 무기의 움직임을 방해하고 있기 때문이었다.

차라리 양손에 각각 할버드를 하나씩 들고 휘두르거나, 반대로 검을 양손에 쥐고 쌍검술을 펼치는 게 훨씬 효율적일 것이다.

그런데 그때였다.

[미스토스의 은총이 당신의 노력에 대한 보상을 줍니다.]

[당신은 할버드 × 한 손 검 전술을 각성했습니다.]

[당신의 할버드 × 한 손 검 전술이 1단계가 되었습니다.]

[이후로 당신은 할버드와 한 손 검을 동시에 사용하는 것이 수월해집니다.]

"어? 이런 것도 되는 거야?"

로이스의 두 눈이 휘둥그레졌다. 뭔가를 알고 한 것이 아니라 그냥 막무가내로 펼쳐 본 것이다. 그러다 이 조합이 별로 위력적이지 않다 생각해서 절호의 일격을 펼칠 때만 사용하려고 작정한 터였다.

그러나 전술이 생겨났다면 얘기가 다르지 않은가.

"그럼 계속 해 볼까?"

로이스는 그대로 할버드와 검을 휘두르며 수련을 다시 시작했다.

휙! 휘휭! 파파팟—

할버드를 휘둘러 원거리를 공격하고 근거리는 검으로 맞선다!

놀랍게도 동작들이 서로 얽히지 않고 비교적 자연스럽게 흘렀다.

"후후, 역시 전술이 생겨나니 편하군."

다만 한 손 검 전술과 달리 이 조합 전술의 숙련도는 쉽게 오르지 않는 모양이었다. 그 후로 반나절 가까이 수련을 해도 2단계로 오르지 않았던 것이다.

그래도 로이스는 실망하지 않고 계속 수련을 했다.

상당히 번거롭지만 이 조합 전술의 단계를 높여 두면 분명 요긴하게 쓰일 것이란 판단에서였다.

그렇게 얼마나 시간이 지났을까?

드디어 고대하던 순간이 찾아왔다.

[당신의 할버드 × 한 손 검 전술이 2단계가 되었습니다.]

[당신은 할버드와 한 손 검을 동시에 사용하는 것이 더욱 수월해집니다.]

휘휘휙! 파파파! 휘리릭! 파파팟—

불과 2단계뿐인데도 움직임이 이전에 비할 바가 아니었다.

"역시 예상대로군."

단계는 더디게 상승하지만 위력은 한 손 검이나 할버드 전술에 비해 훨씬 강력했다.

당분간은 이 조합 전술의 수련에 매진하는 게 좋을 것이다.

"심심하지는 않겠어."

이런 식으로 수련이 가능하다면 앞으로 몇 달이건 토네

이도와 폭우가 계속된다 해도 상관없으리라.

식량 걱정은 안 해도 된다.

라샤와 퓨리가 각각 알아서 로이스가 먹을 만한 것들을 확보해 오기 때문이다.

숲이 보일 때는 라샤가 빠르게 열매들을 따 왔고, 지금처럼 물난리일 때는 퓨리가 물고기를 잡아 온다. 라크아쓰를 비롯한 네이더들 또한 훌륭한 사냥꾼들로 사냥에 있어서는 정령들 못지않다.

"그럼 또 해 볼까?"

휘휘휙! 차라라락! 파파팟—

로이스는 다시 수련을 시작했다.

"로이스 님!"

그때 라샤가 무슨 일인지 다급한 표정으로 찾아왔다.

"왜?"

"누군가 이곳으로 접근하고 있어요."

"그래?"

로이스는 라샤가 서 있는 타워 위로 올라가 밖을 살폈다.

그사이 바람과 폭우는 잠잠해진 상태였다.

이러다 다시 또 토네이도가 몰아칠 수도 있긴 하지만 모처럼 날이 풀린 것이다. 다만 이미 날이 저물기 직전이라 오늘 밤도 이곳에서 보내야 할 것이다.

그동안의 폭우로 인해 로이스의 요새 사방에는 물이 흐르고 있어, 마치 요새 자체가 물 위에 떠 있는 배처럼 보일 정도였다.

그런 로이스의 요새 근처로 헤엄치며 다가오는 한 소녀.

그녀는 붉은 머리카락이 유난히 돋보였는데, 헤엄을 치면서도 계속 물살에 휘말리는 것이 금세라도 물에 가라앉을 듯 위태해 보였다.

"사람이야. 구해 줘."

"네, 로이스 님."

라샤가 훌쩍 날아가 소녀를 안아 들고 로이스 앞으로 데려왔다.

그러자 방금 전까지 다 쓰러질 것 같이 위태해 보이던 소녀가 벌떡 일어서더니 로이스를 공격했다.

번쩍! 스팟—

언제 빼 들었는지 그녀의 양손에는 각각 붉은빛이 나는 단검이 쥐어져 있었다. 그 두 개의 단검이 환상처럼 로이스를 향해 날아든 것이다.

퍽—!

그러나 그녀의 공격은 실패로 돌아갔다. 그보다 한 발 앞서 로이스가 그녀의 복부를 주먹으로 살짝 후려친 것이다.

"으윽!"

소녀는 충격을 받았는지 털썩 주저앉았다. 고통보다는 뭔가 믿을 수 없다는 듯 불신에 가득한 눈빛.

"너, 너는 누구……?"

소녀가 묻자 로이스는 차갑게 안색을 굳혔다.

"물에 빠져 죽을까 봐 살려 주려 했더니 날 공격해? 살려 줄 가치가 없는 녀석이었군."

"……."

그런데 소녀가 스르르 눈을 감더니 뒤로 털썩 쓰러져 버렸다.

설마 방금 맞은 충격 때문에 죽기라도 한 것일까?

그것은 아니었다. 이미 탈진 직전의 상태에서 마지막 힘을 쏟아 내다 보니 기력이 완전 소진된 것이다.

"이 소녀를 어떻게 할까요, 로이스 님?"

라샤와 퓨리가 어쩔 줄 몰라 했다. 로이스가 상당히 화난 표정을 짓고 있었기 때문이다.

그렇다. 로이스는 자신이 호의를 베풀려고 했는데 그것을 악의로 갚은 소녀에게 무척 화가 나 있었다. 몬스터였다면 쳐 죽였겠지만, 그나마 놔둔 건 그녀가 사람이었기 때문이다.

'가만. 이 얼굴 어디서 본 것도 같은데?'

소녀는 비록 안색이 좋지는 않았지만 무척 아름다운 용

모였다.

물론 아시엘에 비해서는 약간 부족했지만, 그래도 보면 볼수록 눈이 가는 미소녀였다.

마치 꿈속에서 본 듯한 신비한 마력!

'그러고 보니 혹시?'

로이스는 얼마 전 제국의 마법사가 보여 줬던 환영을 떠올렸다.

제국 4대 미녀 중 하나라는 스텔라!

그녀의 외모가 지금 소녀와 비슷했다. 물론 지금 소녀의 외모는 그때 봤던 환영에 비하면 너무 떨어지는 터라 왠지 아니라는 생각도 들었다.

아무튼 지금은 그런 게 중요하지 않았다.

이유를 불문하고 자신에게 적대적인 대상은 살려 두지 않는다는 것이 로이스의 규칙.

부하로 굴복시키거나 혹은 죽이거나.

이 소녀라도 예외는 될 수 없을 것이다.

그때 퓨리가 소녀의 상세를 살피며 말했다.

"이대로라면 죽을 거예요. 생명력이 거의 남아 있지 않아요."

"일단 살려 놔. 그 후에 다시 죽일지 말지 결정하겠어."

"그럼 또 저항할 수도 있으니 미스토스의 팔찌로 마나를 봉인해 둘게요."

"그런 것도 있어?"

"네. 그럼 로이스 님이 허락하시기 전까지는 마나를 사용할 수 없게 돼요."

"그럼 그렇게 해 봐."

"네."

곧바로 퓨리는 소녀의 왼쪽 손목에 그림을 그리듯 빙 둘러 손가락을 한 바퀴 돌렸다.

츠읏!

순간 자색 빛의 팔찌가 소녀의 손목에 생겨났다. 그것은 이내 투명해지더니 눈에서 보이지 않았다.

"됐어요. 이젠 이 소녀를 치료할게요."

"그래."

퓨리는 여러 정령들 중에서 연금술에 특별히 뛰어난 능력을 갖고 있었다.

로이스가 최근 들어 마시는 회복약도 모두 그녀가 제조한 것.

회복약의 재료는 아리스가 지고 있는 배낭에 잔뜩 들어 있었다.

그때 아리스가 와서 말했다.

"저 소녀가 포로가 될지 손님이 될지 모르지만 방을 하나 더 만들겠습니다."

"좋아."

곧바로 땅이 들썩이며 요새 내에 별채와 같은 작은 집이 하나 생겨났다.

투박하지만 문과 침상도 갖춰진 독립된 공간.

거기에 라크아쓰 등이 부드러운 침낭도 깔아 놓았다.

퓨리는 그 침낭 위에 소녀를 눕히고 그사이 제조한 회복약을 그녀의 입에 넣어 주었다.

'후후, 다들 열심이군.'

이렇게 알아서 부하들이 척척 해 주니 로이스는 신경을 쓰지 않아서 좋았다.

"그럼 난 다시 수련이나 해야지."

수련광 로이스는 할버드와 검을 휘두르며 다시 무아지경 속에 빠졌다.

*　　*　　*

'으음! 여기는?'

스텔라는 눈을 뜨고 자신이 낯선 방에 누워 있음을 깨닫자 잠시 혼란스러운 표정을 지었다.

그러다 이내 상황을 파악하고는 나직이 한숨을 토했다.

라테르 황자 일행을 암살하려다 토네이도로 인해 자리를 피했던 그녀는 그 앞에서 또 하나의 토네이도와 마주치고 말았다.

앞뒤로 거대한 토네이도에 포위된 그녀는 결국 그중 하나를 정면으로 돌파하기로 작정하고 뛰어들었는데, 그 와중에 엄청난 부상을 입고 말았다.

다행히 간신히 살아날 수는 있었다.

그러나 거듭되는 폭우로 인해 방향을 잃어버렸다.

그녀가 갖고 있는 지도는 이미 무용지물이 되어 버린 터였고, 사방은 온통 물바다였다.

그런 식으로 초주검 상태에서 우연히 발견하게 된 괴상한 요새.

그리고 웬 눈부신 외모의 미소년.

그녀는 그를 기습했다가 오히려 맥없이 당하고 쓰러진 후 지금 깨어난 것이다.

'그는 대체 누구지? 어떻게 나의 기습을 맨손으로 무력화시킬 수가 있었을까?'

스텔라는 도무지 믿기지 않았다. 그녀가 아무리 기력이 탈진한 상태라지만 그때의 기습은 소드 마스터급 검사라도 받아 내기 힘든 것이었다.

그런데 소년에게는 통하지 않았다.

오히려 그녀의 기습이 간파되어 역습을 당했고 그대로 쓰러지고 말았다.

'누군지 모르지만 가만두지 않겠다. 감히 날 쓰러뜨리다니!'

스텔라는 벌떡 일어났다. 그러다 흠칫 몸을 살피며 당혹스러운 표정을 지었다.

'마나를 쓸 수가 없어. 이게 어떻게 된 거지?'

분명 체내에 마나가 사라진 건 아니었다. 몸이 완전히 회복되었고 내상도 입지 않은 최상의 상태였다. 그런데 정작 마나는 한 줌도 사용할 수가 없으니 기막힌 일이었다.

'그놈 짓이야. 분명 무슨 수작을 부린 거야.'

스텔라의 눈빛이 차갑게 번뜩였다.

'흥! 그러나 넌 날 잘못 봤어. 난 마나를 사용하지 않고도 얼마든지 너 따위는 죽일 수 있거든.'

마나 홀이 파괴된 상태에서도 적에게 치명적인 기습을 날릴 수 있을 만한 극한의 훈련을 한 그녀였다.

나칸에 의해 갓난아기 때부터 살인병기로 키워진 수천 명의 어새신들.

그중 최강의 존재가 바로 그녀였으니까.

스슥.

스텔라는 마치 그림자처럼 별채를 벗어났다. 그리고 로

이스가 있는 방으로 스며들었다.

캄캄한 밤.

로이스는 잠들어 있었다.

침상 위에서 눈을 감고 곤히 자는 로이스를 발견한 스텔라는 회심의 미소를 지으며 로이스의 목에 검을 가져다 댔다.

"일어나라."

"뭐냐?"

로이스가 눈을 떴다. 사실 그는 이미 스텔라가 오는 것을 눈치챘다. 정령들이 알려 주었기 때문이다.

그리고 설령 정령들이 아니었어도 로이스는 스텔라가 다가오는 것 하나 눈치채지 못할 만큼 감각이 둔하지 않았다. 아무리 잠을 자고 있다고 해도 말이다.

그런데도 짐짓 가만히 있었던 것은 언제든 마음만 먹으면 스텔라를 제압할 수 있기 때문이었다.

슥.

스텔라가 단검에 힘을 주며 말했다.

"너는 뭐하는 녀석이지?"

"로이스."

"로이스?"

"그게 내 이름이다."

"닥쳐! 누가 네 이름을 알려 달라고 했어?"

"내가 이름을 말했으니 너도 누군지 말해."

"좋아. 말해 주지. 난 스텔라다."

"스텔라? 진짜 네가 죽음의 어새신이라 불리는 그 스텔라 맞아?"

"훗, 날 알고 있었나? 너 같은 촌뜨기 녀석이 내 이름을 알고 있다니 의외인걸."

"실망이군. 역시 그 녀석이 날 속인 것이었어."

로이스가 뭔가 김빠진 듯한 표정을 지으며 말하자 스텔라는 고개를 갸웃했다.

"실망이라니. 그게 무슨 뜻이야?"

"그런 게 있어."

"흥! 닥치고 일단 내 몸에 있는 금제부터 풀어라. 그렇지 않으면 널 최대한 고통스럽게 죽여 버릴 거야."

퍽—

"아악!"

스텔라가 협박을 하고 이에 발끈한 로이스가 주먹으로 그녀의 복부를 후려치고! 이 모든 건 눈 깜짝할 사이에 벌어진 일이었다.

"으윽……! 대체 무슨 수를 쓴 거지?"

그저 스치듯 맞았을 뿐인데 스텔라는 전신에서 힘이 쫙

빠지고 말았다.

아무리 마나를 못 쓴다 하지만 상대의 목에 검을 댄 상태에서도 역으로 당하다니 그야말로 기막힌 상황이었다.

그사이 일어나 침상에 걸터앉은 로이스는 팔짱을 낀 채 스텔라를 못마땅한 듯 노려봤다.

"나는 널 구해 주려고 했는데 넌 벌써 두 번이나 날 기습했다. 그 이유가 뭔지 말해 봐."

"……."

그러자 스텔라는 잠시 침묵했다.

첫 번째 기습은 극도로 불안한 상태에서 자신도 모르게 손이 나간 것이었다지만, 두 번째 기습은 로이스가 자신의 기습을 너무 쉽게 막아 낸 것에 대한 분노에서 비롯된 것이었다.

생각해 보면 로이스 입장에서는 당연히 화가 날 만했다.

은혜를 원수로 갚은 것이었으니까.

그러나 스텔라는 자신의 잘못을 인정할 만큼 속이 넓지 못했다. 오히려 로이스를 노려보며 말했다.

"난 그냥 널 죽이고 싶었을 뿐이다. 거기에 다른 이유가 뭐가 필요해."

"역시 그런 거였나? 그럼 나 또한 그런 널 살려 둘 이유가 없지."

"죽이려면 빨리 죽이는 게 좋을 것이다. 혹시라도 마나의 봉인이 풀리기라도 하면 너 따위는 내 상대가 못 될 테니까."

스텔라는 분하다는 듯 말했다. 그러자 로이스의 두 눈썹이 꿈틀 움직였다.

"그럼 마나의 봉인을 풀어 주지. 어디 전력을 다해서 날 죽여 봐라."

"뭐? 그게 정말이야?"

"날 이기면 넌 자유다. 그러나 내게 패배하면 그때부터 넌 내 부하가 되어야 한다. 아니면 죽든가."

"호호! 날 부하로 삼겠다? 꿈도 야무지구나."

스텔라는 가소롭다는 듯 웃었다. 그사이 로이스의 신호를 받은 퓨리가 와서 스텔라의 손목에 있는 미스토스 팔찌를 제거해 주었다.

"호오~ 정령을 부리다니. 넌 정령술사인가 보군."

"닥치고 어서 덤비기나 해."

로이스는 밖으로 나가 양손에 각각 할버드와 검을 쥔 채 스텔라를 노려봤다.

어차피 결투도 수련의 일종이니 최근 수련하던 할버드와 한 손 검 조합으로 스텔라를 상대해 보기 위함이었다.

그러자 스텔라가 어이없다는 듯 로이스를 쳐다봤다.

"뭐지? 그 말도 안 되는 조합은?"

사르곤 제국은 물론 라키아 대륙 어디에도 저처럼 기괴한 조합으로 결투에 나서는 이는 없을 것이다. 압도적인 하수에게라면 몰라도, 여차하면 죽을 수 있는 실전 결투에서는 쓸 수 없는 최악의 조합이었다.

"잔말 말고 덤비기나 해라."

"훗, 그렇게 죽고 싶다면 나야 환영이지."

스텔라의 몸이 그 자리에서 사라졌다 싶은 순간 로이스의 옆구리에서 핏물이 튀었다.

촤악!

피할 여유도 없이 날아드는 번개 같은 기습!

로이스는 두 눈을 뻔히 뜨고 스텔라의 움직임을 보고 있었으면서도 간신히 급소만 피해 냈을 뿐 상처를 허용하고 말았다.

촤악! 촤악! 촤악촤악촤악!

거기서 끝이 아니었다. 연이어 날아드는 스텔라의 공격에 로이스는 할버드와 검을 제대로 휘두를 수조차 없었다.

"에잇! 절호의 일격!"

급기야 아껴 두고 나중에 쓰려고 했던 필살기를 펼쳐 스텔라를 공격했지만, 그조차도 통하지 않았다.

분신의 공격을 막아 내는 건 물론이고, 투명화 상태로 이동해 기습을 날리는 것조차도 가볍게 간파해 피해 버린 것이다.

로이스는 감탄했다.

"너 꽤 하는구나."

"흥, 너야말로 제법 쓸 만한 기술도 있었군. 하지만 그따위로는 나의 상대가 안 돼."

스텔라의 움직임은 점점 더 빨라졌다.

바람에 동화되어 그녀가 바람처럼 보이기도 했고, 때론 그림자처럼 홀연하기도 했다. 그러다 보니 로이스의 할버드와 한 손 검 조합의 공격으로는 그녀의 털끝 하나도 건드릴 수 없었다.

"제길! 어쩔 수 없지."

급기야 로이스는 할버드를 내려놓고 한 손 검만으로 스텔라를 공격했다. 이미 피투성이가 된 상태지만 로이스의 움직임은 조금도 느려지지 않았다. 오히려 검술을 펼치기 시작한 순간 그의 움직임은 더욱 빨라졌다.

촤라라락! 파파파팟—

18단계까지 이른 로이스의 검술. 이미 검신에는 짙은 오러 블레이드가 피어나 있었다. 스텔라의 표정이 감탄으로 물들었다.

"진작 검술을 펼칠 것이지. 쓸데없는 짓으로 체력을 소모하다니 멍청하구나."

로이스가 검술을 펼치자 스텔라는 아까처럼 일방적으로 로이스를 몰아붙이지는 못했다. 그러나 그렇다 해도 여전히 그녀는 마치 어른이 아이를 상대하듯 노련하게 로이스의 몸을 유린했다.

촤악! 촤촤악!

로이스의 몸에 상처는 계속 생겨났다. 도저히 검술로 스텔라를 상대하는 건 무리였다.

"젠장! 그럼 이걸로 하자."

로이스는 한 손 검을 집어던진 후 바닥에 꽂아 놓은 할버드를 집어 들었다.

쒸이잉! 파파파팟—

로이스가 할버드만을 이용해 공격을 하자 좀 더 위력이 강해졌다. 스텔라는 다시 감탄성을 발했다.

"대단하구나. 하지만 아주 멍청한 짓이야. 둘 중 하나만 죽도록 팠으면 날 쓰러뜨릴 수 있었을지도."

가히 소드 마스터의 경지에 이른 검술을 구사하면서도, 동시에 할버드 마스터의 경지에도 이르러 있다는 건 매우 놀라운 일이었다.

그러나 스텔라가 보기엔 둘 다 딱 고만고만한 경지였다.

차라리 둘 중 한 가지만 전력을 다해 수련했으면 훨씬 더 강했을 것이란 생각이었다.

좌악! 푸확! 좌아악!

그사이에도 로이스의 몸에는 계속 상처가 생겨났다. 그의 몸에서 흘러나온 피가 바닥을 붉게 물들이고 있을 정도였다.

그런데도 로이스의 투지는 죽지 않았다. 어디 한번 갈 때까지 가 보자는 듯 더욱 험악한 기세를 뿜어냈다.

일순 스텔라가 뒤로 훌쩍 물러나며 특유의 몽환적인 미소를 흘렸다.

“오늘은 여기까지. 널 죽여야 하겠지만 날 살려 줬으니 특별히 이번 한 번은 살려 주겠다.”

그 말과 함께 스텔라는 훌쩍 요새의 석벽 위로 날아올라 어딘가로 사라지려 했다.

쾅!

그 순간 로이스가 할버드를 바닥에 던지고 훌쩍 그녀를 따라붙었다.

“흥! 가긴 어딜 가. 아직 싸움은 끝난 게 아니야.”

무기를 버리고 맨손으로 자신을 향해 돌진해 오는 로이스를 보며 스텔라는 어이없어하는 표정을 지었다. 그러다 이내 싸늘히 웃었다.

“좋아. 그렇게 죽기를 원한다면 소원대로 해 주지.”

곧바로 그녀는 방향을 틀어 로이스를 향해 날아갔다. 단번에 끝내 버리려는 듯 그녀의 양손에 쥔 단검들이 마치 빛살처럼 로이스의 목과 가슴으로 파고들었다.

퍽!

기적과 같은 이변이 없는 한 로이스는 이제 목과 가슴에서 피분수를 흘리며 쓰러지게 될 것이다. 물론 이것은 스텔라의 생각이었다.

'근데 퍽?'

분명 '푹' 이나 '푸확' 과 같은 소리가 나야 정상이었다. 그런데 지금 들리는 소리는 뭔가 맞지 않았다.

'으윽! 설마?'

그제야 그녀는 자신의 복부에 엄청난 충격이 엄습했음을 느끼고는 깜짝 놀랐다.

퍼퍽!

거기서 끝이 아니었다. 쇳덩이 같은 주먹이 그녀의 얼굴을 후려쳤고, 나무 기둥 같은 다리가 날아와 그녀의 허리를 가격했다.

빽! 와작!

"아아아악!"

뒤로 맥없이 넘어가 바닥에 쓰러진 그녀의 복부를 로이스의 오른발이 내려서며 찍었다.

퍼억!

연이어 무식한 쇠주먹이 안면으로 날아들었으니!

퍼퍼퍽—

'아아악!'

스텔라는 이게 대체 무슨 날벼락인가 싶었다. 그녀는 그대로 정신을 잃었다.

Chapter 6
인간으로서의 도리

"로이스 님! 그러다 죽이겠어요."

옆에서 지켜보던 정령들이 떨며 말했다. 로이스의 지금 모습은 그야말로 마왕을 연상케 했기 때문이다.

"음."

로이스는 흠칫 놀라며 공격을 멈췄다. 마족을 때려죽이던 버릇 때문인지 맨주먹으로 싸우면 도무지 절제가 안 되니 문제였다.

'치잇! 또 무식하게 싸우고 말았구나.'

로이스는 침울한 표정을 지었다. 전투에서 이겼지만 무기를 버리고 맨손으로 싸워 이긴 건 도무지 이긴 것 같지 않았다. 뭔가 반칙 같은 느낌이랄까?

그러나 물론 그것은 로이스만의 생각일 뿐이다.

오히려 적의 입장에서는 무기도 없는 상대에게 일방적으로 당한 것이 더욱 치욕적으로 느껴질 것이다. 퓨리가 다급히 물었다.

“로이스 님! 이 소녀는 어찌할까요? 지금 손을 쓰지 않으면 죽고 말 거예요.”

“살려 놔. 그 미스토스 팔찌도 다시 채우고.”

“알았어요.”

로이스가 스텔라를 살리라 하자 퓨리는 기쁜 듯 환한 미소를 지었다. 불의 정령 신디는 누가 죽든 말든 관심도 없는 데 반해 퓨리는 심성이 매우 착한 편이었다.

“자, 로이스 님도 이것을 마시세요.”

퓨리가 회복약 두 병을 내밀었다. 로이스의 상처가 워낙 많아 한 병으로는 부족해 보였기 때문이다.

“고마워.”

벌컥! 벌컥!

로이스는 회복약 두 병을 단숨에 들이켰다. 그러자 모든 외상이 말끔하게 사라졌다.

“난 목욕이나 하고 있을 테니 스텔라를 잘 치료해 줘.”

“네, 로이스 님.”

"라크아쓰! 너는 스텔라의 상태가 나아지면 거미줄로 묶어 놔. 철저히 감시해라."

"예, 로드!"

로이스는 스텔라가 강한 것을 인정했다.

실력만 따지면 웬만한 마족들이라 해도 그녀의 상대가 되기 쉽지 않아 보였다.

'일단 날 공격한 이상 넌 풀어 줄 수 없다. 나의 부하가 되든지 아니면 죽든지 결정해야 할 거야.'

강한 실력이 마음에 들었기에 기왕이면 부하가 되면 좋겠지만, 그걸 거부한다면 죽일 수밖에 없었다.

'그건 그렇고, 어쨌든 오늘 많이 배웠는걸.'

로이스는 오늘 스텔라의 공격에 무수한 상처를 입었다.

대신 그녀의 움직임과 공격 방식을 단 하나도 남김없이 기억해 두었다.

일부러 기억하지 않아도 한 번 당한 공격은 절대 잊지 않기 때문이다.

'…….'

로이스는 눈을 감고 전투 장면을 그대로 회상하며 스텔라의 공격을 막아 낼 효율적인 움직임을 떠올렸다.

그녀의 불가사의한 움직임과 속도는 가히 예측 불허.

멀쩡하게 두 눈을 뜨고도 피할 수 없는 경우가 대부분이었다.

물론 무기를 들고 있을 때에 한하지만 말이다.

'맨손으로는 아주 쉬운데 무기만 들면 골치가 아파져.'

그래도 멋진 모습을 보여 주려면 무기를 잘 다루어야 할 것이다. 로이스는 포기하지 않고 할버드 혹은 검, 심지어 조합 무기를 활용해 스텔라의 공격을 막는 법을 계속 생각해 보았다.

목욕을 마친 후에는 그렇게 떠올렸던 생각들을 하나씩 정리하며 실제로 동작을 펼쳐 보기도 했다.

[미스토스의 은총이 당신의 노력에 대한 보상을 줍니다.]

[당신의 할버드 전술이 22단계가 되었습니다.]

[당신의 한 손 검 전술이 20단계가 되었습니다.]

[당신의 할버드 × 한 손 검 전술이 5단계가 되었습니다.]

그런데 놀랍게도 얼마 수련을 하지 않았는데도 3가지 전술의 단계가 일제히 상승했다.

특히 한 손 검의 경우에는 단번에 2단계나 상승해 20단계가 되었으며, 조합 전술의 경우는 3단계가 상승해 5단계가 되었다.

'역시 실전이 수련보다 훨씬 효과가 좋군.'

로이스로서는 매우 신이 나는 일이었다.

만일 스텔라와 매일 실전 같은 전투를 벌인다면 무기 전술이 매우 빠르게 상승할지도 모른다. 가능한 주먹은 쓰지 않고 말이다.

*　　*　　*

그날 밤.

로이스도 잠이 들고 정령들 또한 휴식 중이었다.

어제까지만 해도 이 시간에는 폭우나 폭풍이 몰아쳐 시끄러웠지만 오늘은 비교적 잠잠했다.

'……!'

침낭에서 죽은 듯 자고 있던 스텔라는 눈을 번쩍 떴다.

진작 깨어 있었지만 모두가 잠들기를 기다리느라 지금껏 자는 척하고 있었던 것이다.

신기하게도 만신창이가 되었던 몸은 정상으로 돌아와 있었다.

다만 마나는 다시 봉인된 상태.

'그놈은 인간이 아니야. 어서 여길 빠져나가야 해.'

스텔라는 로이스와 다시 싸울 엄두가 나지 않았다.

무기를 들고 전투를 벌일 때만 해도 일방적인 그녀의 우세였기에 별거 아니라 생각했는데, 모든 건 위장이었던 것이다.

'실력을 속이고 날 갖고 놀았던 거야.'

마지막에 보였던 그의 전투력은 지금껏 스텔라로서는 한 번도 상상조차 해 본 적 없는 경지였다. 그의 움직임은 그녀의 어떤 검술이나 동작보다 빨랐고, 심지어 눈으로는 쫓아갈 수도 없는 수준이었던 것이다.

'한 대씩 맞을 때마다 전신이 부서져 버리는 줄 알았어.'

사실 꼼짝없이 죽는 줄 알았는데 이렇게 살아 있다는 것 자체가 기적처럼 느껴졌다.

스윽.

스텔라는 고양이처럼 은밀하게 침낭에서 내려와 천천히 방문을 열었다.

누군가 보초를 서고 있을지라도 기척을 느낄 수 없을 만큼 신묘한 움직임.

어제는 로이스를 기습하는 게 목적이었지만 오늘은 빠져나가는 게 목적.

그녀는 이 정도는 식은 죽 먹기라 생각했다.

스윽.

곧바로 사방을 훑어보며 아무도 없다는 것을 확인한 그녀는 훌쩍 달려가 담장을 이루는 석벽 위로 뛰어올랐다.

좌아악!

그런데 마치 그때를 기다렸다는 듯 사방에서 뭔가가 날아들었다.

다름 아닌 거미줄이었다.

"으윽! 이건 또 뭐야?"

스텔라는 수십 겹의 거미줄에 묶여 담장과 바닥 사이에 대롱대롱 매달려 있었다. 아무리 힘을 줘도 끊어지지 않았다.

"크크크, 뭐긴. 바로 거미줄이지."

라크아쓰가 음침한 웃음을 흘리며 스텔라의 앞에 모습을 드러냈다.

그 뒤로 12마리의 네이더들이 키득거리며 스텔라의 주위를 둘러쌌다.

"너희들은 뭐지? 어떻게 거미가 말을 하는 거야?"

스텔라는 거대 거미 네이더들이 나타난 것에는 그리 놀라지 않았다. 이미 이 요새 안에 네이더들이 있다는 것은 파악한 후였으니까.

다만 네이더들이 인긴의 말을 할 수 있다는 것이 놀라울 뿐이었다.

그것도 아주 유창한 라키아 대륙 공용어였다.

라크아쓰가 웃었다.

"크크크, 너 또한 다른 인간들과 같구나. 내가 인간의 말을 하는 것이 뭐가 그리 신기한 건지 원. 아무튼 오늘밤은 너를 감시하느라 잠을 안 자고 있었는데, 이제야 푹 잘 수 있겠구나. 로드께서 틀림없이 네가 오늘 수작을 부릴 거라 하셨거든."

"……."

스텔라는 어이없어하는 표정으로 라크아쓰를 쳐다봤다. 이 이상한 거미는 말을 하는 정도가 아니라 대화도 아주 잘했다. 딱 봐도 인간과 말 좀 해 본 솜씨였다. 아마도 그 인간은 로이스란 정체불명의 소년이겠지만.

"그보다 이것 좀 풀어 줄 수 없어? 숨 막혀 죽을 지경이야."

"크크크, 턱도 없는 소리 마라. 내일 로드께 부탁해 보거라. 그럼 난 이만 자러 간다, 인간."

곧바로 라크아쓰는 근처에서 가장 거미줄을 펴기 좋은 곳에 자리를 잡고 잠이 들었다. 그의 부하 네이더들도 마찬가지.

그런데 그 거미줄이 모두 스텔라를 중심으로 펼쳐져 있어 설령 지금 그녀가 묶인 거미줄이 사라진다 해도 도무지 움직일 틈이 없었다.

"이봐, 도망 안 갈 테니 이것 좀 풀어 줘."

그러나 네이더들은 꿈적도 하지 않았다.

드르릉.

크르르르.

오히려 잠시 후 네이더들이 크게 코를 고는 소리만 들릴 뿐이었다.

'쳇! 이런 꼴이라니.'

스텔라는 꼼짝없이 거미줄에서 밤을 지새우게 되었다.

그녀가 죽음의 어새신이라 불리며 전설적인 존재로 알려진 이래 이렇게 굴욕적인 밤은 처음이었다.

* * *

이튿날 아침.

로이스는 기지개를 펴고 일어났다.

"아함! 잘 잤다~"

퓨리가 간밤에 있었던 일을 보고했다.

"예상대로 스텔라가 탈출을 시도했고, 네이더들이 그녀를 거미줄로 묶어 두었어요. 이제 풀어 줄까요?"

"그냥 놔둬."

"네, 로이스 님."

로이스는 곧바로 밖으로 나가 시원한 공기를 마시며 몸을 풀었다. 그러자 멀리서 로이스를 발견한 스텔라가 악을 쓰며 외쳤다.

"날 언제까지 이렇게 둘 셈이야? 어서 이 거미줄을 풀지 못해?"

"여전히 큰소리군. 넌 날 이기지 못했으니 여기서 나갈 수 없다."

"흥! 그런다고 내가 네 부하가 될 것 같아? 차라리 죽여라."

스텔라의 기세는 조금도 꺾이지 않았다. 로이스는 당연히 그럴 거라 생각했기에 별달리 신경 쓰지 않았다. 그래도 그녀를 한 번 사납게 노려보는 것은 잊지 않았다.

"스텔라, 넌 이제 내 포로다. 너를 죽일지 말지는 내가 알아서 판단해. 정말로 죽일 수도 있으니 얌전히 있는 게 좋을 거야."

움찔.

스텔라는 로이스와 시선이 마주치자 자신도 모르게 눈을 내리깔았다.

어제까지만 해도 있을 수 없는 일이었지만, 로이스의 주먹에 호되게 당한 터라 그의 눈빛을 보는 순간 오한이 들었던 것이다.

"흥! 죽이든지 말든지. 때려죽여도 날 네 부하로 만들 순 없을 거다."

스텔라는 왠지 자존심이 상해 그렇게 쏘아붙이고는 눈을 감아 버렸다.

로이스는 그런 그녀를 아랑곳하지 않고 혼자서 아침 수련을 시작했다.

식사를 하기 전 몸을 풀고 수련을 하는 것은 어느덧 습관처럼 굳어진 하루의 일과였다.

그사이 신디는 퓨리가 잡아 온 물고기들을 꼬치에 굽고 있었다.

화르르.

불의 정령치고는 꽤 차분한 성격을 가진 신디는 고기를 굽는 것 또한 상당히 노련했다. 덕분에 한 번에 강한 열기를 쏘아 고기를 태워 먹거나 하는 일은 벌어지지 않았다.

노릇노릇.

로이스가 맛있게 먹을 수 있도록 딱 적당하게 구웠다.

갓 잡은 신선한 생선을 막 굽는 냄새가 얼마나 기막힌지는 맡아 본 사람만 안다.

그렇지 않아도 며칠째 제대로 된 식사를 해 본 적 없는 스텔라는 생선 굽는 냄새가 코에 스며들자 배가 고파 미칠 지경이었다.

꼬륵. 꼬르르륵.

배에서는 굶주렸다며 끝없이 아우성이었다. 제발 먹을 것 좀 달라고!

'으! 너무해. 이건.'

말 그대로 고문이었다! 차라리 맞는 게 더 나을 것이다.

그때 신디가 환하게 웃으며 외쳤다.

"로이스 님, 아침 준비 다 됐어요~"

"그래? 수고했어."

아리스가 흙으로 만든 식탁 위에는 하얀 천이 깔려져 있었다. 다름 아닌 라크아쓰가 만든 거미줄 식탁보였다.

그 위로 큼직한 4종류의 생선들이 잘 구워져 있었고, 으깬 감자와 야채로 만든 수프와 말린 꽃잎을 우려 만든 차도 놓여 있었다. 물론 꽃잎 차는 릴리아나가 챙겨 준 것이었다.

"그럼 먹도록 해 볼까?"

로이스는 잘 구워진 큼직한 생선을 양손에 쥐고는 입으로 덥석 물었다.

냠냠! 쩝쩝!

로이스는 볼이 미어지게 생선 구이를 뜯어먹었다.

"후후, 역시 사람은 고기를 먹고 살아야 해."

릴리아나가 있었다면 먼저 유액부터 먹어야 한다고 잔소리를 했을 것이다. 뭐 유액도 먹을 만하지만, 맛으로 따지면 고기만 한 것이 없었다.

오물오물! 쩝쩝쩝!

그렇게 로이스가 생선 구이를 맛있게 먹는 모습을 스텔라는 말없이 쳐다봤다.

꼬르륵. 꿀꺽!

보지 않으려고 눈을 감았지만, 끝없이 코로 스며드는 기막힌 냄새에 인간이라면 눈을 뜨지 않고 버틸 수 없는 상황.

"나도 좀 줘!"

결국 그녀는 그렇게 외치고 말았다. 로이스가 힐끗 쳐다보자 스텔라는 잔뜩 화가 난 표정으로 말했다.

"아무리 포로라도 굶기는 건 있을 수 없는 일이야. 네가 인간이라면 최소한의 도리는 지켜라, 로이스."

"……."

인간이 가져야 할 최소한의 도리라? 그 말을 듣는 순간 로이스는 잠시 고심에 빠졌다.

그건 틀린 말이 아니었다.

그냥 죽일 거면 당장 죽이든가, 그게 아니라면 최소한 죽지 않도록 먹을 것은 주는 게 맞는 것이다.

로이스는 스텔라를 노려보며 말했다.

"그럼 약속해라. 거미줄을 풀어 줄 테니 더 이상 쓸데없는 짓을 하지 않겠다고. 그땐 정말로 용서하지 않을 거야."

"알았어."

스텔라는 어쩔 수 없다는 듯 고개를 끄덕였다.

사실 이미 그녀는 자신이 무슨 짓을 해도 이곳을 벗어날 수 없다는 사실을 깨달은 터였다.

그리고 지금 요새의 사방은 망망대해와 같이 물로 둘러싸여 있다.

대체 어느 쪽으로 가야 라키아 대륙이 나오는지 알 수도 없다.

이 상황에서는 설사 도주한다 해도 그녀는 금세 탈진하고 말 것이다. 마나를 한 줌도 쓸 수 없는 상태이니까.

'마나의 봉인을 풀기 전에는 이곳을 나가면 안 돼.'

따라서 더 이상 로이스의 심기를 거스르는 일은 하지 않는 것이 현명한 일이리라.

"날 괴롭히지만 않는다면 최대한 저 안에서 조용히 있겠다."

스텔라는 자신이 누워 있던 방을 가리켰다. 로이스는 고개를 끄덕였다.

"좋아. 거미줄을 풀어 줘라, 라크아쓰."

"예, 로드."

그 말이 끝나는 순간 스텔라를 묶고 있던 거미줄들이 그대로 먼지가 되어 흩어졌다.

"휴! 갑갑해 죽을 뻔했네."

스텔라는 그제야 살았다는 듯 숨을 몰아쉬었다. 로이스가 손가락을 까닥였다.

"멀뚱히 서 있지 말고 식탁으로 와라."

"그래도 되나?"

그녀는 로이스가 설마 식탁에서 함께 먹자고 할 줄은 몰랐다. 물론 사양할 생각은 없었다. 어느새 고양이처럼 사뿐 식탁 앞으로 이동했다.

의자 따위는 없어도 된다. 맛있는 생선 구이를 먹을 수 있다면야 서서 먹는 것쯤은.

쿠구궁!

그 순간 로이스가 앉은 식탁 건너편에 의자 하나가 솟아올랐다. 로이스가 손짓을 하자 땅의 정령 아리스가 흙을 올려 만든 것이다. 로이스는 생선을 뜯으며 말했다.

"앉아서 천천히 먹어. 부족하면 더 만들어 줄 거야."

"고마워."

세상에! 의자도 만들어 줄 줄이야. 투박한 모양이었지만 왠지 감동이었다.

스텔라는 앉아서 식탁을 쳐다봤다.

꿀꺽!

그 기막힌 냄새를 풍기던 생선 구이가 눈앞에 있었다. 그녀는 냉큼 그중 하나를 집었다.

'맛있겠다.'

덥석! 우적! 쩝쩝!

지금은 체면을 차릴 때가 아니었다. 그녀는 정신없이 생선을 뜯어먹었다.

순식간에 한 마리를 다 먹어 치운 그녀는 또 한 마리의 생선으로 손을 가져갔다.

그사이 로이스도 두 마리째 생선을 먹은 터라 접시는 텅 비워진 상태.

다행히 신디가 생선을 더 굽기 시작해 접시 위는 금세 다시 구운 생선으로 채워졌다.

"로이스 님!"

그때 라샤가 다급히 외쳤다. 로이스가 고개를 돌렸다.

"무슨 일이야?"

"인간들이 나타났어요."

"몇 명이나?"

"모두 네 명이군요. 뗏목을 타고 있어요."

"그럼 일단 지켜봐. 이쪽으로 오는 게 아니라 그냥 지나가는 것일 수도 있잖아."

"네."

스텔라가 나타났을 때처럼 위태한 상황은 아닌 모양이었다.

그들이 혹시 도움을 요청한다면 상황을 봐서 도와줄 수도 있겠지만, 굳이 미리 나설 필요는 없으리라.

로이스는 마저 생선을 먹었고, 스텔라 역시 말없이 먹는 데만 몰두했다.

*　*　*

한편 그때 뗏목을 타고 있는 이들은 다름 아닌 라테르 황자 일행이었다.

그들 역시 그 무서운 토네이도와 폭우 속에서 간신히 살아남았다.

처음 토네이도를 만났을 때 로디아가 펼친 공간 이동 마법!

그것으로 간신히 첫 번째 위기는 모면했지만, 연이어 나타난 또 다른 토네이도와 폭우 앞에서 그들은 초주검 상태가 되고 말았다.

무엇보다 세리나와 로디아가 스텔라에 의해 극심한 부상

을 입은 터라 더더욱 토네이도를 버텨 내기가 쉽지 않았다.

다행히 황녀 아이리스가 위급 시를 대비해 소지하고 있던 회생의 비약으로 소진된 마나를 일부 회복했다.

치유와 회복 계열의 마법을 주로 익힌 그녀인 터라 일행의 회복에 도움을 줄 수 있었고, 그 덕분에 지금까지 모두 목숨을 부지할 수 있었던 것이다.

그러나 그들은 며칠 동안 한숨도 자지 못했다.

경황 중에 대충 만든 뗏목에 의지해 표류하고 있는 상황이었기 때문이다.

그런 상태였으니 모두들 극도로 지쳐 있었다.

그런 와중에 우연히 발견한 이상한 요새가 있었으니.

가장 먼저 그 요새를 발견한 로디아가 눈을 크게 뜨고 말했다.

"저쪽에 작은 섬이 있는 것 같아요."

"섬이라? 잘됐군. 어서 그쪽으로 이동하도록 하자."

라테르는 반색하며 노를 저었다. 작은 섬이라 해도 일단 뗏목에서 내려 쉴 수 있는 공간은 있을 것이다.

로디아는 고개를 갸웃했다.

"그런데 좀 이상해요. 섬이 벽으로 둘러싸여 있는 걸 보면 요새 같기도 한데, 도무지 알 수 없는 기운이 느껴지는군요."

"알 수 없는 기운? 그게 뭘까? 혹시 보물이라도 있는 건 아닐까?"

아이리스가 흥미를 보였다. 모두가 지친 와중에도 그나마 표정이 밝은 이가 있다면 바로 아이리스였다.

라테르가 씁쓸히 웃으며 고개를 흔들었다.

"지금 우리에게 보물이 무슨 소용이겠느냐? 난 그저 잠시라도 눈을 붙일 수 있게 쉴 수 있는 공간이 조금이라도 있으면 좋겠구나."

"그건 그래요, 오라버니. 지금 우리에게 필요한 건 휴식 공간이죠."

아이리스는 라테르의 말에 동의했다. 그때 세리나가 눈을 빛내며 말했다.

"어쩌면 저곳은 몬스터의 소굴일 수도 있습니다. 우리가 저 요새를 빼앗아 잠시 거처로 삼는다면 충분히 휴식을 취할 수 있을 거예요."

"좋은 생각이로군."

라테르가 반색했다. 그러나 로디아는 고개를 흔들었다.

"몬스터가 아닌 사람이 있을 수도 있어요. 저 알 수 없는 기운이 심상치 않아요. 아무래도 제 생각엔."

로디아는 잠시 말을 멈췄다 다시 이었다.

"저곳이 바로 용자의 성이 아닐까 해요."

"뭐라? 지금 용자의 성이라 했나?"

라테르 등은 깜짝 놀랐다. 로디아는 고개를 갸웃했다.

"확실하진 않아요. 하지만 저 요새를 뒤덮고 있는 신비한 기운은 아무리 생각해도 고대의 전설에 나오는 미스토스 결계가 분명해요."

"미스토스? 정말 그 힘이 실제로 있다는 거야?"

아이리스가 놀란 표정으로 물었다. 그녀 또한 용자에 관한 소설을 읽은 터라 로디아의 말을 이해했다. 그 소설에는 용자가 미스토스라는 힘을 이용해 성을 세우기도 한다고 나와 있었다.

"그것 외에는 저 신비한 힘을 설명할 방법이 없군요."

로디아의 안색은 상기되어 있었다.

마나도 아니고 그렇다고 암흑의 기운인 마기도 아니었다. 그런 거라면 진작 그 실체를 파악했을 것이다.

그러나 그녀가 무슨 수를 써도 섬을 뒤덮은 힘의 정체는 알 수 없었다.

더구나 접근하면 할수록 범접할 수 없는 미증유의 힘이 느껴졌던 것이다.

"이럴 수가! 노를 저어도 뗏목이 더 나아가지 않는군."

"확실히 알 수 없는 벽이 우릴 막고 있군요."

라테르와 세리나가 부지런히 노를 젓고 있었지만 뗏목은

요새 쪽으로는 미동도 하지 않았다.

"신기하구나. 물은 분명 흐르고 있는데 우리는 저 안쪽으로 들어갈 수 없다니."

라테르가 탄식하자 아이리스가 눈을 빛내며 미소 지었다.

"후후, 미스토스 결계가 분명해요. 저 안에는 용자가 있을 거예요. 신이 우리를 도운 거예요."

"그런데 야이젠 남작의 보고에 의하면 성이라고 하지 않았더냐? 저 요새를 성이라고 하기는 좀 무리가 있다."

"그렇긴 하지만 미스토스를 사용하는 이는 용자뿐이라고요."

아이리스는 그 말과 함께 뗏목에서 일어나 요새 쪽을 향해 크게 외쳤다.

"들어라! 나는 사르곤 제국의 황녀 아이리스다. 이곳에 용자 아시엘이 있느냐? 제국의 이황자이신 라테르 전하와 함께 그녀를 만나러 왔으니 속히 길을 열도록 하라."

폭풍우로 인해 초췌해진 행색과는 달리 그녀의 말에서는 위엄이 풍겨 나왔다.

그것은 세리나나 로디아로서는 흉내 낼 수 없는 황족 특유의 기질에서 비롯된 것이었다.

그러나 그러한 위엄은 통하는 곳에서만 통할 뿐이다.

하필이면 로이스의 앞에서 그와 같은 위엄을 떨었다는 것이 문제였다.

"뭐? 사르곤 제국의 황녀?"

그때까지 느긋하게 구운 생선을 뜯고 있던 로이스의 안색이 차갑게 변하더니 타워 중 한 곳으로 훌쩍 뛰어올라 갔다.

스텔라 역시 의외라는 듯 먹는 걸 멈추고 은근슬쩍 로이스의 뒤를 따라 타워 위로 올랐다. 그러고는 뗏목 위에 있는 이들의 정체를 알아보고 실소를 흘렸다.

'아이리스 황녀! 라테르 황자! 저들이 모두 살아 있었군. 질기기도 하지.'

토네이도 때문에 저들의 목숨을 끊어 놓지 못했는데, 하필 이곳에서 다시 만나게 되다니 인연도 특이했다.

'후후, 상황이 흥미롭게 돌아가는 걸. 로이스가 저들을 어떻게 할지 궁금하네.'

그녀가 딱 하루 겪어 본 바 로이스는 사르곤 제국의 황제가 나타난다고 해도 굽힐 만한 존재가 아니었다.

더구나 저들은 이곳에 용자 아시엘이 있는 것이라 착각하고 있는 듯했으니.

그때 로이스가 퓨리를 향해 외쳤다.

"일단 저들을 안으로 들어오게 해 봐."

"네, 로이스 님."

퓨리가 한 손을 내밀자 뗏목 인근의 물이 위로 치솟아 오르며 그들을 요새 안으로 이동시켰다.

"이곳은?"

"아니, 너는?"

뗏목 그대로 요새 안쪽에 들어온 라테르 일행은 일순 무슨 일인가 싶어 멍한 표정을 지었다. 그러다 타워 위에서 자신들을 내려다보고 있는 웬 소년과 소녀를 발견하고는 깜짝 놀랐다.

둘 다 10대 후반으로 보였는데, 그중 소녀의 얼굴은 무척 낯이 익었다.

탐스러운 붉은 머리카락 아래로 반짝이는 몽롱한 눈빛.

그녀를 어찌 잊을 수 있을까? 불과 며칠 전에 그녀에 의해 몰살당할 뻔했는데 말이다.

"스텔라!"

"네가 어떻게 이곳에?"

세리나와 로디아는 즉각 전투 자세를 잡았다.

그런데 바로 그 순간.

퍽! 퍽!

"윽!"

"아악!"

육중한 격타음과 함께 세리나와 로디아가 맥없이 쓰러져 버렸다.

"퓨리, 저들에게 팔찌를 채워라."

"네, 로이스 님."

언제 내려왔는지 로이스가 그들의 바로 앞에 서 있었다. 그는 슥 고개를 돌려 경악의 표정으로 서 있는 라테르와 아이리스를 노려봤다.

Chapter 7
마족 하페온

"다시 말해 봐. 너희들이 누구라고?"

"무엄한 놈이로군. 나는 사르곤 제국의 이황자인 라테르다. 네놈은 누구냐?"

"로이스."

"로이스?"

"그게 내 이름이다. 그리고 난 사르곤 제국의 황제를 떠받드는 백성이 아니야. 내 앞에서 황자가 어쩌느니 하는 소리를 한 번 더 지껄였다간 너도 저 꼴이 되고 말 것이다."

로이스는 무심한 표정으로 손가락을 들어 바닥에 쓰러져 있는 세리나와 로디아를 가리켰다.

그 말에 라테르는 일순 표정이 일그러졌지만 이내 인상을 폈다. 그는 상황 판단이 빠른 편이었다. 이곳에서 자신이 황자가 어쩌고 해 봤자 더 이상 의미가 없음을 깨달은 것이다.

"그대가 사르곤 제국의 백성이 아니라 하니 내가 그대에게 실수했군. 하나 비록 그대가 다른 어떤 나라의 백성이라 할지라도 일국의 황자에 대한 예의는 지키는 것이 어떤가?"

"예의라."

로이스는 잠시 고심했다. 인간 사회의 예의. 이런 건 로이스가 잘 모르는 부분이었다.

그러다 보니 라테르가 예의라는 말을 하자 조금은 신경이 쓰였다.

'그래. 내가 예의도 없이 행동하면 안 되지. 그럼 날 우습게 볼 거야.'

로이스가 체란산에서처럼 벌거숭이로 돌아다니지 않고 옷을 입는 것도, 또한 맨손이 아니라 무기술을 수련하는 것도 모두 인간들에게 우습게 보이지 않기 위함이 아니었던가.

엄밀히 말하면 멋지게 보이려고 말이다.

물론 어차피 포로로 만들 녀석들에게 굳이 그런 것까지

신경 쓸 필요는 없을지도 모른다.

그래도 어쨌든 우습게 보일 수는 없는 일.

최소한의 예의는 지켜 주기로 했다.

로이스는 싸늘히 웃었다.

"좋아. 그럼 너는 특별히 거미줄로 묶지는 않겠다."

그사이 바닥에 쓰러진 세리나와 로디아는 네이더들이 날린 거미줄에 꽁꽁 묶여 담벼락에 매달려 있었다. 그들은 지금 혼절 상태로 있어 자신들이 어떤 처지에 있는지 모르지만, 잠시 후 깨어나게 되면 기겁하고 말 것이다.

'거미줄로 묶지 않는다? 설마 그게 황자에 대한 예우인가?'

라테르는 어이가 없었다. 그러나 그는 모를 것이다. 그것만 해도 로이스가 아주 파격적으로 양보한 것임을.

그때 아이리스가 로이스를 노려보며 말했다.

"나는 황녀 아이리스. 그러나 그대가 사르곤 제국의 백성이 아니라 하니 나 또한 무슨 특별한 대우를 해 달라는 말은 하지 않겠다. 내가 궁금한 건 하나. 그대가 나칸과 무슨 관계이냐는 것이다."

"나칸이라니. 지금 혹시 대마법사 나칸이라는 녀석을 말하는 거냐?"

로이스의 두 눈에서 시퍼런 빛이 섬광처럼 번쩍였다.

그는 아시엘의 왕국이 멸망하고 지금도 핍박받는 모든 일의 배후에 나칸이 있다고 아시엘이 말하는 것을 들었다. 따라서 언제고 나칸을 손봐 주리라 단단히 벼르고 있었던 것이다.

그런 와중에 갑자기 나칸과 무슨 관계냐는 말을 듣자 울컥했던 것이다.

로이스의 분위기가 심상치 않았다.

그 숨 막힐 듯한 기세에 아이리스는 몸의 균형을 잃고 비틀거렸지만 이내 이를 악물고 로이스를 쏘아봤다.

"내 짐작에 의하면 그대 또한 필시 나칸과 관계가 있을 것이다. 그렇지 않다면 저기 스텔라가 그대 곁에 있을 리 없어. 내 말이 틀리느냐?"

그녀의 얼굴엔 분노가 가득했다. 어차피 상황은 절망적으로 흐르고 있었다.

용자의 성인 줄 알고 왔는데 오히려 나칸의 하수인으로 추정되는 이가 있으니, 모든 희망이 사라져 버렸던 것이다.

그러자 로이스가 고개를 갸웃했다.

"스텔라는 내 포로야. 그런데 그게 나칸과 무슨 상관이지?"

"포로라고?"

아이리스는 잠시 멍한 표정을 지었다. 그녀는 스텔라가

이곳에서 자유롭게 지내고 있다 생각했다. 더구나 지금은 식탁에서 이쪽은 관심 없다는 듯 생선 구이를 뜯고 있으니 당연히 그녀가 포로라는 생각은 해 보지 않았다.

로이스가 오연히 웃으며 고개를 끄덕였다.

"스텔라뿐 아니라 너희들도 이미 같은 신세라는 걸 알았으면 좋겠군."

"정말로 너는 나칸과 관계없다는 것이냐?"

"그놈은 곧 내 손에 죽을 것이다. 그보다 스텔라와 나칸이 무슨 관계가 있다는 건지 말해 봐."

나직이 묻고 있지만 로이스의 눈빛은 차갑기 이를 데 없었다. 아이리스는 본능적으로 로이스가 나칸을 적대하고 있음을 직감했다.

'내가 잘못 생각한 거야. 그럼 저자 말대로 스텔라도 잡혀 있는 게 분명해.'

하긴 아무리 세리나와 로디아가 지친 상태라지만 반격조차 해 보지 못하고 순식간에 당했다. 그것은 스텔라라 해도 불가능한 일.

다시 말해 로이스가 스텔라보다 훨씬 강하다는 것을 의미했다.

아이리스는 그제야 모든 상황이 환하게 머릿속에서 정리되었다.

그리고 어쩌면 절망이 아니라 매우 희망적인 상황일지도 모른다는 기대감이 생겨났다.

"로이스 경! 내가 그대를 이렇게 불러도 될지 모르겠군요. 난 나칸의 음모에 의해 도탄에 빠진 제국을 구하기 위해 용자를 만나러 왔어요. 스텔라는 나칸의 하수인이라 내가 잠시 그대를 착각하고 말았군요. 미안하게 생각해요."

아이리스의 얼굴에는 잔잔하면서도 위엄 있는 미소가 맺혀 있었다. 그녀는 사과를 하면서도 전혀 비굴해 보이지 않았다.

그래서일까? 로이스는 잠시 그녀의 얼굴을 쳐다봤다.

"……!"

아이리스는 얼마 전 사기꾼 마법사가 보여 준 제국 4대 미녀 중 하나라 했는데.

확실히 그때 보았던 그 엄청난 미모는 아니라는 것이 드러났다.

역시나 인간들 중에 아시엘보다 예쁜 여자는 없는 것이다.

그래도 어디 가서 미주쳤을 때 계속 쳐다보게 될 외모인 것은 맞았다.

아무튼 지금은 그런 게 중요한 것이 아니지만.

로이스는 슥 고개를 돌려 스텔라를 노려봤다.

"이봐, 저 말이 사실이야? 너 진짜 나칸의 하수인 맞아?"

스텔라는 생선을 먹다 말고 로이스를 쳐다봤다.

"그래. 모두 맞는 말이야."

"널 살려 둘 수 없는 이유가 또 하나 있었군."

"죽이든 말든 맘대로 해. 어차피 난 네 포로잖아."

스텔라는 마치 다른 사람 일이라도 된다는 듯 시큰둥하게 대답하고는 다시 먹는 데 집중했다.

그들의 대화를 듣자 아이리스의 표정은 더욱 환해졌다.

'정말이었어. 스텔라는 이자의 포로였던 거야.'

그러자 그녀는 로이스의 정체가 궁금해졌다. 세리나와 로디아를 눈 깜짝할 사이에 쓰러뜨리고, 죽음의 어새신이라 불리는 스텔라까지 얌전한 고양이로 만들어 버린 정체불명의 소년.

'그래. 이자는 어쩌면 카로드 공작이나 루니우스 후작 못지않게 강한 자일지도 몰라.'

그랜드 마스터인 그들은 오직 황제와 황태자를 지키는 일이만 관심이 있을 뿐, 나칸이 무슨 일을 하든 신경도 쓰지 않았다.

오직 황세에세만 충성하며, 제국의 성세에는 절대 관여하지 않는다는 것이 카로드 가문의 철칙이기 때문이다.

물론 그들이 있어 나칸이 황제를 시해하거나 하는 악독한 일은 감히 벌이지 못하고 있긴 하다.

그러나 그들이 그림자처럼 움직이지 않으니 제국의 정세가 모두 사악한 나칸에 의해 좌우되니 문제였다.

'어떻게든 이자의 마음을 얻어야 해. 이자의 도움을 받을 수만 있다면 나칸을 충분히 견제할 수 있을 거야.'

아이리스와 라테르의 시선이 마주쳤다. 그 순간 라테르 역시 같은 생각을 하고 있었던 것이다. 라테르가 정중히 말했다.

"로이스 경! 부디 우리를 도와주시오. 모든 재앙은 사악한 대마법사 나칸으로 인해 벌어진 일이오."

"그대가 나칸만 제거해 준다면 뭐든 원하는 걸 들어주겠어요."

그러나 로이스는 여전히 그들에게 냉랭하기 이를 데 없었다.

"너희들은 무척 비겁하군. 그래서 황족인 너희들은 아무런 잘못이 없고 모든 건 나칸 때문에 벌어진 일이라는 거냐?"

그러자 라테르가 침중한 표정으로 대답했다.

"나칸은 교활한 술수를 부려 황제 폐하를 속이고 있소."

"닥쳐! 나칸 그놈이 나쁜 놈인 건 나도 알아. 그러나 고작 그따위 놈에게 속아 제국의 군대를 움직여 아시엘의 왕국을 멸망시킨 건 바로 황제였다. 그만한 판단력도 없는 자가 과연 황제의 자격이 있다고 생각해?"

라테르의 인상이 일그러졌다.

"말이 너무 심하군. 그대가 아무리 제국과 상관없다 해도 감히 황제 폐하를 모독하느냐?"

"부디 자중해 주세요, 로이스 경."

아이리스 역시 인상을 굳히고 있었다. 그녀 역시 로이스의 말에 분노했지만, 한편으로 보면 그의 말이 틀린 것은 아니라는 걸 알고 있었다.

그렇다. 애써 모든 것이 나칸의 음모 때문이라 변명할지라도 실상 가장 큰 책임은 황제가 져야 한다. 그리고 황제의 아들과 딸인 자신들 역시 그 책임을 면할 길이 없다.

그래서 목숨을 걸고 이 험한 샤론 대륙으로 용자를 찾아온 것이 아니었던가.

어떤 식으로든 해결책을 만들어 보려고 말이다.

그러다 문득 아이리스는 눈에 이채를 발했다.

'아시엘! 분명 저자는 방금 아시엘이라고 말했어.'

그렇다면? 아이리스는 다급히 물었다.

"혹시 그대는 아시엘 공주와 무슨 관계가 있나요?"

"당연히 있지. 난 용자 아시엘의 용병이니까."

그 말에 라테르와 아이리스는 깜짝 놀랐다.

"이럴 수가! 그대가 아시엘 공주의 용병이었다니! 그런데 정말로 아시엘 공주가 용자란 말이오?"

"우린 아시엘 공주 아니, 용자 아시엘을 만나러 왔어요. 그녀를 만나게 해 주세요, 로이스 경."

그러자 로이스가 싸늘히 웃었다.

"난 당연히 너희들을 아시엘에게 넘길 생각이다. 그녀는 나보다 너희들을 더욱 싫어할 테니 죽일지도 몰라. 운이 좋으면 포로가 되어 감옥에 갇히겠지."

아시엘에게 있어서 사르곤 제국의 황족인 라테르와 아이리스는 자신의 부모 형제를 죽인 원수나 마찬가지였다.

"퓨리, 이들에게 팔찌를 끼워."

"예, 로이스 님."

물의 정령 퓨리가 라테르의 왼쪽 손목에 미스토스의 팔찌를 장착하려 했다.

그러자 라테르가 황급히 손을 빼며 로이스를 노려봤다.

"지금 무슨 수작을 부리는 거지? 내가 순순히 당할 것 같은가?"

"아직도 너희들이 포로란 걸 모르고 있나 보군. 말로 할 때 알아들어라. 저항하면 그땐 예의고 뭐고 없어."

로이스의 서슬 퍼런 눈빛을 받은 라테르는 전신에 맥이

탁 풀리는 듯 힘이 빠져 버렸다.

츠읏.

그사이 퓨리가 그의 손목에 팔찌를 채웠다. 아이리스의 손목에도 마찬가지였다.

미스토스의 힘이 깃든 봉인의 팔찌!

이로써 그들은 마나를 전혀 사용할 수 없게 되었다.

"아리스, 이들이 지낼 집을 한 채 더 지어라."

"예, 로이스 님."

"라크아쓰, 넌 이들을 철저히 감시해라. 쓸데없는 짓을 하거든 거미줄로 묶어 버려."

"케케케, 알겠습니다요."

라크아쓰는 신이 난 듯 키득거렸다.

쿠쿠쿠쿠쿠!

그런데 바로 그때였다. 갑자기 주변이 진동하더니 밖에서 우레와 같은 소리가 울렸다.

"카카카카카! 로이스! 이 건방진 인간 놈! 너는 당장 튀어나와 마왕 데세오 님의 전언을 받도록 하라."

마왕 데세오의 전언이라니!

이건 또 무슨 날벼락 같은 소리인가?

라테르와 아이리스는 물론이고 그때까지 오직 생선 구이

에만 몰두하던 스텔라도 경악했다.

'뭐 마왕?'

'마왕의 전언?'

심지어 오죽 놀랐으면 거미줄에 묶인 채 혼절해 있던 세리나와 로디아까지 두 눈을 번쩍 떴을 정도였다.

요새는 석벽의 담장으로 둘러져 있지만 신기하게도 안에서 밖은 잘 보였다.

좌아아아아!

요새 인근의 물이 거대하게 회오리치고 있었다.

그 중심에 상체는 리자드맨의 형상에, 하체는 물뱀의 형상을 가진 거대한 괴수가 보였다.

"저게 대체 뭔가?"

"설마? 저자가 마왕?"

라테르와 아이리스는 아직까지 저토록 끔찍한 존재를 본 적이 없었다. 신화나 전설 속에 등장하는 악신과 같은 형상이었으니까.

"마왕은 무슨. 저놈은 마족이야. 데세오 녀석! 직접 오지 않고 이번에도 부하를 보냈군."

로이스가 코웃음 치며 말했다.

딱 보니 마족이다. 마왕 데세오의 권속 중 하나일 것이다.

"카카카카카! 로이스! 왜 아직도 미스토스 결계에 웅크리고 있는 것이냐? 어서 나와서 마왕 데세오 님의 전언을 받도록 하라."

그러자 로이스가 할버드와 검을 각각 한 손에 쥐고 훌쩍 밖으로 뛰어나갔다.

"마왕의 전언이고 뭐고 어서 덤벼라. 널 죽이고 생선이나 마저 먹어야겠다."

그렇다. 로이스는 지금 기분이 몹시 좋지 않았다.

기분 좋게 생선 구이를 먹고 있던 중 갑자기 라테르 황자 일행이 나타나 식사를 방해한 것도 모자라, 이제는 마족까지 나타난 것이다.

그러자 마족의 인상이 구겨졌다.

"역시나 듣던 대로 건방지다 못해 무모하기 짝이 없는 놈이로군. 당장이라도 네놈을 쳐 죽이고 싶다만 일단은 로드 데세오 님의 전언부터 받으라."

그 말이 끝나는 순간 로이스의 앞에 거대한 오우거의 환영이 나타났다.

붉은 뿔에 백색 피부를 가진 오우거!

그를 본 순간 요새 안에 있던 라테르와 아이리스, 스텔라 등은 숨이 딱 막히는 듯했다.

다른 말이 필요 없었다.

그의 존재 자체로 사방이 암흑으로 변해 버린 듯 느껴졌으니.

암흑의 군주!

마왕!

철모르는 아이들이라 해도 보는 즉시 그가 마왕이라는 것을 본능적으로 느끼고 말 것이다.

'으으! 마왕이 나타나다니.'

'마왕이 틀림없어.'

그들에게는 눈앞의 광경이 환영이 아니라 진짜 마왕이라 여겨졌다.

그 마왕이 로이스를 잡아먹을 듯 사납게 노려보고 있었다.

"로이스! 지금껏 네놈에 의해 죽은 나의 권속이 한둘이 아니다만, 나는 마지막으로 네게 관용을 베풀려 한다. 나에게 충성을 바쳐라! 그리하면 지난 일은 모두 용서하겠다. 또한 지금 너를 찢어 죽이려 하는 다른 마왕들의 분노도 막아 주겠다. 어떠냐?"

"또 그 소리인가? 내가 죽었다 깨어나도 마왕 따위에게 충성을 바칠 일은 없어. 그러니 쓸데없는 수작 부리지 마라. 그리고 다음부터는 부하들을 보내지 말고 네가 직접 나타났으면 좋겠군."

"역시나 만용의 극치를 달리는 놈이로구나. 마지막 기회를 주었건만 결국 죽음의 길을 선택한 것은 네놈이다. 지금 네 앞에 있는 하페온은 지금껏 네가 상대해 온 녀석들과 차원이 다른 존재. 너는 나의 관용을 거절한 것을 후회하게 될 것이다."

데세오의 환영이 사라졌다.

곧바로 마족 하페온이 로이스를 노려보며 입을 열었다.

"세상에서 가장 어리석은 일이 무엇인지 아느냐, 로이스?"

"그런 걸 내가 어떻게 알아."

"모른다면 알려 주지. 너처럼 자신의 분수를 모르고 날뛰는 것이다. 그리고 그 결말은 곧 파멸이니라."

마족들은 하나같이 말이 많다. 게다가 항상 로이스를 얕잡아 본다.

그것이 로이스를 도발해 흥분하게 만들려는 수작인지 모르겠지만, 그따위 유치한 수법에 넘어갈 만큼 로이스는 순진하지 않았다.

"그건 내가 할 소리야. 너야말로 지금 분수를 모르고 있다, 마족!"

번개처럼 날아간 로이스의 할버드가 마족 하페온의 머리를 찍었다.

순간 이동처럼 눈 깜짝할 사이에 날아가 내려친 일격이었다.

그러나 하페온은 그사이 측면으로 이동해 그것을 가볍게 피해 냈다.

"크크큭! 그따위 허접한 공격에 내가 맞을 거라 생각하느냐? 공격이란 바로 이런 것이다. 과연 네놈이 얼마나 버틸지 궁금하구나."

그 순간 하페온의 양 팔뚝에서 수십 개의 원형 고리들이 튀어나와 로이스를 향해 날아왔다.

슈슉! 슈슈슉—

원형의 고리지만 외곽이 날카로운 칼날로 이루어져 있었으니!

그것은 이른바 차크람(륜: 輪)이라 불리는 무기였지만 로이스는 처음 보는 것이었다.

휭휭휭! 휭휭휭휭—!

놀랍게도 그것들 모두에는 흑색의 오러 블레이드가 생성되어 있었다.

'이건 또 뭐야?'

아무리 대단한 마족이라 해도 한 번에 수십 개의 오러 블레이드를 만들어 내다니! 그것도 각각의 차크람들이 살아 있는 듯 다른 방향에서 로이스의 모든 움직임을 차단한 채 날아들고 있었다.

쉬이잉! 쾅!

그중 하나를 쳐 내자 귀를 찢을 듯한 폭음이 일었다.

그 여파에 살짝 뒤로 밀린 로이스의 등을 향해 또 하나의 차크람이 날아들었다.

푸확!

'으윽!'

잽싸게 피했지만 로이스의 등가죽이 찢어지며 피범벅으로 화했다.

푸확! 촤악!

연이어 양쪽에서 날아든 차크람들의 공격에 로이스의 양쪽 옆구리에서도 핏물이 튀었다.

"제길!"

"벌써 끝인가? 좀 더 버틸 줄 알았는데 실망이로군."

"실망은 아직 이르지……."

그 순간 로이스가 뭐라 나직이 중얼거렸다. 그의 신형이 돌연 환상처럼 날아가더니 하페온의 머리를 향해 검을 내리쳤다.

"받아랏!"

휘!

로이스는 부상 따위는 아랑곳하지 않았다. 방금 전 하페온이 키득거릴 때 드러난 빈틈을 노려 역습을 가한 것이다.

캉!

“크! 고작 이런 공격에 내가 맞을 것 같은가, 인간!”

아쉽게도 그 역습은 하페온의 검에 의해 가볍게 차단당하고 말았다.

스스.

그러나 바로 그 순간 로이스의 모습이 하페온의 뒤에 환상처럼 나타났다. 동시에 할버드의 도끼날이 하페온의 뒤통수를 찍어 버렸다.

콰지직!

‘후후, 성공!’

절호의 일격을 펼쳐 보았는데 성공한 것이다.

하페온의 머리가 박살 나 흩어졌다.

‘생각보다 별거 아닌 녀석이네.’

로이스는 하페온이 가진 힘의 근원이 머리에 있음을 간파한 터라 방금 전 일격으로 승부를 냈다 확신했다.

“쿠카카카카카! 제법이다만 소용없는 짓이다, 인간!”

그러나 뜻밖에도 하페온의 머리는 금세 복원되었다.

동시에 주변을 휘돌던 시커먼 차크람들이 로이스를 향해 화살처럼 쏘아져 왔다.

휭휭휭! 파파파팟—!

'대체 어떻게 된 거지? 저놈이 왜 살아난 거야?'

어쨌든 지금은 그게 문제가 아니었다. 일단 방어가 시급했다. 로이스는 할버드를 휘둘러 차분히 차크람들을 막았다.

콰쾅! 콰콰쾅!

이따금 한두 개의 차크람들이 스치며 상처를 내기도 했지만 살짝 스치는 정도에 불과해 치명상은 아니었다.

'이것들이 무슨 날파리들처럼 귀찮게 달라붙는군.'

처음에는 수십 개의 차크람들이 날아와 당황했지만, 어느덧 그것들을 어렵지 않게 피해 내고 있었다. 그사이 요령이 생긴 덕분이었다.

문제는 대체 왜 하페온이 가진 힘의 근원을 박살 냈는데도 그가 멀쩡하냐는 것!

그러던 로이스의 두 눈이 일순 날카롭게 빛났다. 하페온의 가슴 부근에서 강렬한 마기가 느껴졌기 때문이다.

'지금은 힘의 근원이 심장 쪽에 있어.'

설마 힘의 근원이 두 개였다는 말인가? 어쩐지.

'그렇다면 그것도 마저 부숴 주지.'

로이스는 정신없이 날아드는 차크람들을 쳐 내며 기회를 엿봤다.

그리고 잠시 후 드러난 하페온의 빈틈을 놓치지 않고 번개처럼 날아가 그의 심장에 검을 꽂아 넣었다.

콰앙!

하페온의 가슴 부위가 심장과 함께 날아가 버렸다.

"크으윽! 빌어먹을!"

하페온은 인상을 찌푸렸다. 그러나 그렇게 사라졌던 그의 가슴은 금세 다시 복원되었다. 하페온은 의미심장한 미소를 흘렸다.

"소용없는 짓이야. 너는 무슨 수를 써도 날 이기지 못한다, 인간!"

그리고 다시 하페온의 역습이 시작되었다.

사방에서 날아드는 차크람들의 공격에 더불어 하페온이 직접 쌍검을 휘두르며 로이스를 위협했다.

"쿠카카카카! 버텨도 소용없으니 그만 목숨을 내놔라."

"닥쳐!"

로이스는 이제 할버드만 휘두르고 있었다. 방금 전 하페온의 심장을 날려 버릴 때 그것에 꽂힌 검도 함께 사라져 버렸기 때문이다.

22단계까지 상승한 할버드 전술 덕분인지 오히려 차크람들을 쳐 내며 방어하는 건 수월해졌다.

그러나 그러면 뭐하는가.

'지금은 아랫배 쪽에 힘의 근원이 있어. 이게 어떻게 된

거지?'

그야말로 기막힐 지경이었다. 분명 아까는 없었는데 하페온의 아랫배 부분에서 힘의 근원이 선명히 느껴졌던 것이다.

'설마 저놈 힘의 근원을 이동시키는 건가?'

틀림없다. 그렇지 않고서야 벌써 2번이나 힘의 근원이 부서지고도 회복될 이유가 없는 것이다.

'꽤 까다로운 녀석이네.'

그제야 로이스는 마왕 데세오가 하페온은 다른 마족과 차원이 다르다고 한 말이 떠올랐다.

수시로 힘의 근원을 이동시킬 수 있는 마족을 무슨 수로 죽일 수 있다는 말인가. 아무리 죽여도 언데드처럼 다시 살아날 텐데 말이다.

'그럼 또 아랫배도 박살 내 주마. 어디 언제까지 계속 힘의 근원을 이동시키는지 두고 보마.'

로이스는 포기하지 않았다.

어차피 전투는 이제 시작일 뿐.

게다가 이미 차크람들이 날아오는 패턴은 완전히 파악한 터라 하페온의 모든 움직임은 로이스의 손바닥 위에 있는 것이나 마찬가지였다.

"마족! 죽어랏!"

로이스의 할버드 날이 번쩍 빛을 발하는 순간 하페온의 하복부가 처참히 뭉개져 버렸다.

콰앙!

“크어어억!”

하페온은 기겁했다. 물론 하복부 역시 금세 복원되긴 했지만 그의 표정에는 당황하는 기색이 역력했다.

‘이건 말도 안 된다. 한낱 인간 놈이 어찌 이리 강하다는 건가.’

위기 상황 시 그는 힘의 근원을 이동시킬 수 있다.

이는 마족들 중에서도 소수만 가능한 것으로 불사의 능력이나 다름없었다. 덕분에 그는 수많은 전쟁에서도 죽지 않고 살아났다.

그러나 이것이 무한정으로 가능한 것은 아니었으니!

힘의 근원을 이동시키는 것에도 마기가 소모되기 때문이다.

이런 식으로 계속 힘의 근원을 이동시키다 보면 결국 그 한계가 드러나고 만다.

즉, 자신보다 압도적으로 강한 상대를 만나게 되면 아무리 하페온이라 해도 결국 죽을 수밖에 없는 것이다.

콰앙!

“쿠으으윽! 비, 빌어먹을!”

그사이 다시 그의 머리가 박살 났다. 힘의 근원을 그쪽으로 이동시키자 로이스가 대뜸 머리를 날려 버렸기 때문이다.

콰앙!

어쩔 수 없이 힘의 근원을 심장으로 이동시키자 그 즉시 그곳으로 로이스의 할버드가 날아들었다.

'이런!'

하페온은 기를 쓰고 공격을 피했다. 로이스가 코웃음 쳤다.

"후후, 어딜!"

콰앙!

할버드가 춤을 추듯 쌍검을 뚫고 들어와 하페온의 심장을 관통했다.

"커어어억!"

하페온은 정신이 없었다. 물론 그사이 힘의 근원은 오른쪽 다리로 이동한 상태였지만.

"이번엔 다리냐? 그럼 또 부숴 주지. 받아랏!"

로이스는 그야말로 숨 쉴 틈도 주지 않고 공격을 날렸다.

Chapter 8
세상 최고의 음식

"크억!"

하페온은 질린 듯한 표정으로 다시 힘의 근원을 이동시켰다. 도무지 지금 상황이 믿기지 않았다.

'이놈은 어떻게 싸울수록 더 강해지는 건가.'

무려 36개나 되는 차크람들도, 그의 양손에 쥐어진 쌍검으로도, 로이스를 공격하기는커녕 이제는 방어조차 힘겨웠다.

'크으, 뭐 이런 놈이!'

처음에는 그나마 로이스의 몸에 상처라도 몇 부분 남길 수 있었지만, 지금은 오히려 일방적으로 밀리는 상황!

쾅! 콰앙! 퍼억!

그사이에도 거대한 하페온의 신체 일부들이 로이스의 할버드에 맞아 계속 부서지고 있었다.

모두 힘의 근원이 있던 자리.

지금 하페온이 할 수 있는 일은 지속적으로 힘의 근원을 이동시켜 살아남는 일뿐이었다.

그러나 힘의 근원이 부서지는 속도는 점점 더 빨라졌다.

쾅! 쾅! 콰쾅! 쾅쾅쾅쾅……!

'크으으으! 이대로는 버틸 수 없다.'

퇴각하지 않으면 죽는다. 그러나 로이스는 그가 퇴각을 할 틈도 주지 않았다. 이미 그의 모든 움직임은 숨 쉬는 것조차도 로이스의 통제 아래 있는 것이나 다름없었다.

결국 하페온의 몸부림도 그 한계를 드러내고 말았다.

콰아아앙!

그의 심장에 있던 힘의 근원이 기어코 로이스의 할버드에 의해 박살이 난 것이다.

"크으으으윽! 부, 분하다. 이 복수는 데세오 님께서 반드시……."

하페온은 절규했다. 동시에 심장을 중심으로 그의 거대한 신체가 상하 모두 먼지가 되어 흩어지기 시작했다.

스스스스.

하페온이 쥐고 있던 쌍검도, 사방에서 집요하게 로이스를 노리던 시커먼 차크람들도 모두 사라졌다.

이는 항상 있던 일이었다. 마족들이나 마물들이 쓰던 장비들은 그들이 죽을 때 함께 사라져 버리는 것이다.

'저런 검은 좀 남아 있으면 좋을 텐데 말이야.'

특히 하페온이 쥐고 있던 쌍검! 그것은 로이스가 봐도 무척이나 좋아 보였기 때문이다.

물론 워낙 거대한 신체를 가진 하페온이 사용하던 것이다 보니 검 한 자루가 로이스의 신장보다도 훨씬 길었다.

즉, 어차피 남아 있어도 사용이 불가능할 것이니 아쉬워할 필요는 없으리라.

[미스토스의 은총이 당신의 노력에 대한 보상을 줍니다.]

[레벨이 올랐습니다.]

[레벨이 올랐습니다.]

[전투력이 상승했습니다.]

[최대 맷집과 최대 미호가 증가합니다.]

이름 [로이스]

레벨 [44]

칭호 [마물 학살자]

신분 [미스토스 기사]

맷집 5180/5180

미흐 4270/4270

레벨이 2단계 상승해 44가 되었다.

계속해서 각종 전술들이 상승했다는 내용도 나타났다.

[당신의 할버드 전술이 23단계가 되었습니다.]

[당신의 한 손 검 전술이 21단계가 되었습니다.]

[당신의 할버드 × 한 손 검 전술이 7단계가 되었습니다.]

역시나 수련은 실전만큼 좋은 게 없었다. 로이스는 흐뭇한 미소를 지으며 연이어 나타나는 문자들을 바라봤다.

[임무] 미스토스 상급 기사의 자격

—마족을 처치한다. 7/10

이제 마족 3명만 더 해치우면 미스토스 상급 기사가 될 수 있다.

'어디 마족 녀석들 또 없나?'

로이스는 당장이라도 마족 3명을 해치우고 상급 기사가 되고 싶었다.

릴리아나의 꽃밭으로 돌아가면 지도를 보고 마족이 있을 만한 곳을 찾아보기로 했다.

[봉인된 마력의 구슬을 얻었습니다.]

[하페온의 차크람(전설)을 얻었습니다.]

마지막으로 반짝이는 글자들.

봉인된 마력의 구슬이야 당연히 나올 거라 예상했기에 별로 놀랄 것은 없었다.

그런데 하페온의 차크람은 또 무엇일까?

* 하페온의 차크람

—등급 : 전설

—마계의 마족 하페온이 사용하던 1쌍의 비밀 무기로 동시 투척 시 그 수가 늘어나 도합 36개의 차크람이 날아가 적을 도륙함.

—양쪽 팔뚝에 장착 시 방패로서 기능함.

—사용 제한 : 마기(魔氣) 보유자. 마나 보유자는

사용 불가.

"오! 이건?"

하페온의 사체가 사라진 공간에 둥둥 떠 있는 한 쌍의 둥그런 고리.

'이 두 개의 고리가 바로 하페온의 차크람이라는 무기인가 보네.'

놀랍게도 하페온이 사용하던 무기 중 하나가 사라지지 않고 남아 있었던 것이다.

어떻게 이런 일이 벌어진 것일까?

그런데 지금 그런 게 중요한 게 아니다.

차크람이라는 뭔가 특이한 무기를 얻었는데 그 사용 조건이 마기를 보유하고 있어야 한다는 것이다.

'난 미호만 쓸 수 있는데 그럼 이걸 못 쓰는 건가?'

만약 그렇다면 마족 부하인 란델에게 가져다주면 되리라.

그래도 혹시나 싶어 로이스는 그 차크람들을 팔뚝에 가져다 대 보았다.

차칵! 차칵!

순간 차크람들이 각각 양쪽 팔뚝에 푸른빛의 작은 원반과 같은 형태로 변해 장착되는 게 아닌가.

"어? 되네?"

이는 사실 당연한 일이었다. 로이스가 가진 미흐의 기운은 모든 힘의 근원이기 때문이다. 그 힘들에는 마나는 물론이고 마기도 포함되는 터라 미흐를 가진 로이스가 다루지 못할 무기는 없었다.

로이스는 신기한 듯 그것들을 요리조리 살펴봤다.

방패의 기능이 있다고 하니, 이것들이 있으면 웬만한 공격은 팔뚝으로 쳐 내도 될 것이다.

무기가 아닌 이 방패로서의 기능만으로도 충분히 쓸 만해 보인다.

"한 번 던져 볼까?"

로이스는 양팔을 앞으로 뻗었다. 누가 가르쳐 준 건 아니지만 왠지 그렇게 하면 차크람들이 날아갈 것 같아서였다.

슈슈슈슈—

과연 예상대로 양쪽 팔뚝에 원반 형태로 장착되어 있던 2개의 차크람들이 앞으로 쏘아져 나갔다.

파파팟! 파파파파팟—

그런데 놀라운 사실은 그 각각의 차크람들이 하나가 아닌 18개로 분화되었다는 것! 그로 인해 도합 36개의 차크람들이 전방의 공간을 갈기갈기 찢어 버렸다.

"그놈이 날 공격한 게 바로 이거였어!"

처음 하페온이 이걸로 공격했을 때 꽤나 애를 먹었다. 더구나 각각의 차크람마다 오러 블레이드가 생성되어 있었으니 말이다.

스스스스. 처처처척.

그사이 차크람들은 전방을 누비고 다시 로이스의 팔뚝으로 돌아와 원반형의 방패로 변해 장착됐다.

“하하, 이거 편하네.”

차크람들을 일일이 받아 내느라 신경 쓸 필요도 없었다. 그것들이 스스로 돌아와 자동 장착되니 세상에 이토록 간편한 원거리 무기가 어디 있을까?

그래도 전투에서 더 강력한 위력을 발휘하려면 수련은 필수일 것이다.

“이제 아침을 먹어야지.”

곧바로 요새 안으로 들어온 로이스는 마치 아무런 일도 없었다는 듯 식탁에 앉았다. 아까 먹다 만 생선 구이를 마저 먹기 위함이었다.

그리지 라크아쓰가 그사이 새로 만들어 둔 옷을 로이스에게 건넸다.

“로드, 새 옷입니다.”

“수고했다.”

그러고 보니 이미 상처는 깨끗이 나았지만 옷이 찢어져

너덜거리고 있었다.

아까 전투 중 하페온이 던진 차크람에 맞아서였다.

그렇게 옷을 갈아입고 다시 아침 식사에 열중하는 로이스의 모습을 라테르 등은 멍하니 쳐다보고 있었다.

'저자는 대체 누구인가?'

'세상에! 마족을 일방적으로 몰아붙였어.'

처음에는 마족에게 약간 밀리는 듯한 모습을 보였지만, 나중에 보여 줬던 모습은 실로 경악할 만한 것이었다.

세리나와 로디아 역시 벌어진 입을 다물지 못했다. 그녀들은 여전히 거미줄에 묶여 있는 상태지만, 그래도 밖의 상황은 투명하게 볼 수 있었기 때문이다.

밖에서 벌어지는 인간과 마족의 결투!

그것은 그들의 상상을 뛰어넘는 것이었다.

무엇보다 로이스는 마왕 데세오의 협박에도 굽히기는커녕 오히려 조롱을 날렸다. 또한 인간이라면 도저히 상대하기 어려워 보이는 기괴한 마족 하페온을 무참히 죽이기도 했다.

전설 속의 마족이 나타난 것도 놀라운데, 그런 마족을 처치하고 무기까지 챙길 줄이야.

그녀들이 볼 때 로이스는 도무지 사람 같지 않아 보였다.

다만 스텔라는 그녀들과 달리 뭔가 의문이 가득한 상태

였다.

'저 녀석은 왜 어울리지도 않는 무기를 들고 더 힘들게 싸우는 거지?'

그녀로서는 도무지 이해가 가지 않았다.

'어제 나에게 보여 줬던 대로라면 아까 그 마족 녀석을 더 쉽게 해치웠을 텐데.'

그녀가 볼 때 로이스는 하페온과 싸울 때 본래 전투력의 절반도 드러내지 않았다. 아니 어쩌면 절반이 아니라 절반의 절반 정도라 할까?

'설마 일부러 약한 척하는 거야? 대체 저 녀석의 속셈은 무엇일까?'

사실 그녀에게는 방금 전 마족의 공격이 그리 대단하게 느껴지지 않았기 때문이다.

마족의 차크람의 공격은 눈으로 볼 땐 그럴듯하지만 패턴이 단순했다. 스텔라였으면 처음부터 단 한 번의 피해도 입지 않았을 것이다.

물론 그렇다 해서 그녀는 자신이 하페온을 해치울 수 있으리란 확신은 갖지 못했다.

그녀가 볼 때 하페온은 불사의 존재였으니까.

로이스처럼 불가사의한 파괴력을 가진 자가 아니면 그런 하페온을 죽이기란 불가능할 것이었다.

'아무튼 정말로 괴물 같은 녀석인 건 분명해. 도대체 저 녀석의 정체는 뭐지?'

스텔라는 점점 더 로이스의 정체가 궁금해졌다.

그러나 지금은 그보다는 먹는 게 우선이었다.

슥.

곧바로 그녀는 자신이 먹다 만 생선 구이를 다시 집어 입으로 가져갔다.

'먹어야 해.'

체력이 충분해야 마나를 회복할 방법도 찾아보고, 어떻게든 이곳을 탈출할 수 있을 테니까.

"로이스 님! 저들도 배가 고파 보이는데 어떻게 할까요?"

그때 퓨리가 라테르와 아이리스 등을 가리키며 물었다.

그들도 며칠 동안 제대로 먹지 못한 상태였다. 물론 지금은 로이스가 마족과 싸우는 장면에 너무 놀라 배고픈 줄도 몰랐지만.

로이스가 힐끗 고개를 돌려 라테르 등을 바라보고는 말했다.

"먹을 것을 줘. 아무리 포로라도 굶길 수는 없지."

"네, 로이스 님."

퓨리는 미소 지었다. 곧바로 요새 밖으로 나간 그녀는 물고기 10여 마리를 안고 다시 나타났다. 눈 깜짝할 사이에 물고기들을 잡아 온 것이다.

그사이 아리스가 식탁 앞에 4개의 의자를 만들었고, 신디는 부지런히 물고기를 굽기 시작했다.

지글 지글.

생선 굽는 냄새가 요동하자 라테르 등의 입에서는 절로 침이 흘러나왔다.

'오! 기막힌 향기로군.'

'저렇게 맛있어 보이는 물고기는 처음이야.'

황족인 그들에게 있어 생선 구이 정도가 어찌 대단한 음식일 수 있을까?

그러나 며칠을 굶은 상태이다 보니 세상 최고의 음식처럼 느껴졌다.

로이스가 그들을 힐끗 쳐다봤다.

"멀뚱히 서 있지 말고 식탁에 앉아라. 라크아쓰, 저 녀석들도 풀어 줘. 먹을 땐 자유롭게 해 줘야지."

"예, 로드."

그 순간 세리나와 로디아를 묶고 있던 거미줄이 사라졌다. 그녀들은 이미 의식을 차린 상태였기에 갑갑했던 거미줄이 사라지자 안도하는 기색이었다.

'휴, 꼼짝없이 죽는 줄 알았네.'

'살았다. 정말 끔찍했어.'

그녀들은 라테르와 아이리스에게 걱정을 끼치지 않기 위해 내색을 안 하고 있었을 뿐이다.

그러나 거미줄에 칭칭 감긴 채 매달려 있다 보면 별 생각이 다 들 수밖에 없다.

특히나 거대한 거미들이 주변에서 침을 질질 흘리고 있는 상태라면 더더욱.

마나를 사용할 수 없는 지금의 상태라면 거대 거미 네이더들의 밥이 되는 건 시간문제이기 때문이다.

그때 라테르가 로이스를 향해 말했다.

"배려해 주어 고맙소, 로이스 경. 부디 부탁이니 저들을 다시 거미줄로 묶지 말아 주시오."

그러자 로이스가 고개를 끄덕였다.

"좋아. 그렇게 하지. 그러나 너희들은 포로라는 걸 잊지 마라. 만약 한 명이라도 쓸데없는 짓을 하면 너희 모두 온종일 거미줄에 매달고 먹을 것도 주지 않을 것이다."

"……!"

세리나와 로디아는 내심 울컥했지만 감히 저항하지 못했다.

자신들로 인해 자칫 라테르 황자나 아이리스 황녀까지 거미줄에 감기게 될 수 있으니 섣불리 행동할 수 없는 일이었다.

굶는 것도 두려운 일이지만, 그보다 더욱 두려운 것은 거미줄에 칭칭 감기는 것이다.

아무리 소드 마스터인 세리나라 해도 두 번 다시 그런 끔찍한 경험은 하고 싶지 않았다. 그녀가 그 정도였으니 마법사 로디아는 오죽할까?

로이스가 다시 말했다.

"서 있지 말고 다들 와서 앉아라. 먹기 싫음 말고."

"하하, 그럴 리가 있겠소?"

"고마워요, 로이스 경."

라테르와 아이리스가 냉큼 식탁 앞에 앉았다. 곧바로 아이리스는 세리나와 로디아를 향해 손짓했다. 그러자 그녀들도 잽싸게 다가와 앉았다.

"자, 마음껏들 먹어요."

잠시 후 신디가 구운 생선을 식탁 위 접시에 올려놓았다.

"잘 먹겠소."

"음식 고마워요."

라테르 등은 머뭇거리지 않고 일제히 생선 한 마리씩을 들고 먹기 시작했다.

냠냠! 쩝쩝!

체면이고 뭐고 먹음직스러운 생선 구이가 눈앞에 있자

다른 생각이 들지 않았다.

쏴아! 쏴아아아!

그때 한동안 잠잠하던 폭우가 다시 시작됐다.

번쩍!

우르르르! 쿠콰콰쾅!

번개가 치고 뇌성이 울렸다. 거센 바람에 요새 주변의 물들이 사납게 요동쳤다.

그런데도 요새 쪽으로는 물 한 방울 떨어지지 않았다.

식탁은 건물 내부가 아니라 탁 트인 공터 위에 위치해 있었는데도 폭풍의 영향이 미치지 않은 것이다.

그러나 이 정도는 라테르 등을 그리 놀라게 하지 않았다.

로디아를 비롯한 황궁의 고위 마법사라면 마법진을 펼쳐 얼마든지 할 수 있는 일이기 때문이다.

그러나 잠시 후 멀리서 모습을 드러낸 거대한 물의 기둥!

공포의 토네이도를 목격한 순간 라테르 등의 안색은 급변했다.

그들의 생각에 이곳 요새에 펼쳐진 결계가 아무리 대단하다 해도 저 토네이도를 버텨 내기는 불가능하다 여겼기 때문이었다.

천재 마법사라는 로디아는 물론이고, 설령 사르곤 제국의 대마법사인 나칸이 나타난다 해도 토네이도를 피해 도

주하면 도주했지, 결계를 펼쳐 그것을 막아 내기란 불가능한 일이었다.

"토네이도가 오고 있소. 어서 이곳을 피해야 하오!"

"저기에 휘말리면 끝장이에요, 로이스 경!"

라테르와 아이리스가 생선을 먹다 말고 다급히 외쳤다. 구운 생선이 맛있기는 했지만 토네이도가 오고 있는 이상 지금 먹는 게 문제가 아니었다.

세리나와 로디아는 물론이고 스텔라 역시 잔뜩 긴장한 표정으로 로이스를 쳐다봤다.

"마나를 쓰게 해 줘. 이대로 저 토네이도에 휘말려 죽을 순 없어."

"신경들 쓰지 말고 먹기나 해."

"지금 먹는 게 문제야? 모두 죽을 수 있다고!"

"그럴 일은 없다니까."

로이스는 더 이상 귀찮게 하지 말라는 듯 손을 휘저었다. 그사이 그는 또 한 마리의 생선을 먹어 치운 터였다.

"차 드세요, 로이스 님."

"응."

신디가 데워 놓은 따뜻한 꽃잎 차.

후룩.

향긋하면서도 개운한 꽃잎 차는 입 안 가득했던 생선 냄새를 말끔하게 지워 주었다.

"후후, 역시 릴리아나의 꽃잎 차는 맛있어."

"한 잔 더 드릴까요?"

"아니야. 지금이 딱 적당해."

로이스는 기분이 좋았다. 배도 부르겠다 차도 마셨겠다 세상 부러울 게 없었다. 이제 잠시 쉬다가 오늘 얻은 차크람 수련이나 해 볼 생각이었다.

쒸이이이이—

그사이 토네이도는 요새 가까이 접근해 왔다.

이제는 피하기에도 늦은 상황!

라테르 등은 망연자실한 표정으로 벌떡 서 있었다.

"으으! 토네이도가!"

"곧 여기로 들이닥칠 거예요."

"이렇게 허망하게 죽다니!"

그들은 로이스가 미쳤다 생각했다. 그가 아무리 마족을 해치울 만큼 강한 존재라지만 저 토네이도는 말 그대로 지상의 모든 걸 날려 버리는 파괴의 신!

이제 잠시 후면 이런 요새는 먼지로 변해 저 아득한 상공으로 날아가고 말 것이다. 당연히 이 안에 있는 모든 이들의 육신도 갈기갈기 찢겨질 것이고 말이다.

콰르르르르! 쿠콰콰콰콰콰콰!

기어코 토네이도가 들이닥쳤다. 사방이 일순 암흑에 휩싸였다.

라테르 등은 눈을 질끈 감았다. 간담이 크기로는 따를 자가 없을 만한 스텔라조차도 두 눈을 멀쩡히 뜨고는 죽을 수 없는지 눈을 감았다.

그러나 토네이도는 요새를 그냥 스치고 지나갈 뿐 아무런 여파도 미치지 않았다.

'이런 기적 같은 일이 벌어지다니!'

'아아, 말도 안 돼!'

이 상황에 가장 놀란 것은 마법사 로디아였다. 그녀의 상식으로 도저히 이해할 수 없는 신비한 일이 벌어졌기 때문이다.

'눈으로 보고도 믿을 수 없구나. 어떻게 이런 일이!'

일반적인 마법의 지식으로는 이해할 수 없는 기괴한 현상!

비로소 로디아는 이것이 바로 말로만 듣던 미스토스 결계의 신비한 능력임을 직감했다. 그녀는 곧바로 로이스를 향해 물었다.

"지금 벌어진 일이 혹시 미스토스 결계 때문인가요?"

"잘 알고 있군."

로이스는 당연하다는 듯 고개를 끄덕였다. 로디아가 눈

을 빛내며 다시 물었다.

"그럼 로이스 당신이 미스토스 결계를 펼친 거군요?"

"난 그런 귀찮은 일은 하지 않아. 하지만 미스토스는 내 것이니 내가 펼친 거라 할 수도 있겠지."

"……?"

로이스의 대답을 들은 로디아는 고개를 갸웃했다. 도무지 이해할 수 없는 말이었기 때문이다.

그러나 그 이상의 질문은 받지 않겠다는 듯 로이스가 손을 휘저었기에 그녀는 궁금함을 참을 수밖에 없었다.

그때 라테르가 잠시 심각한 표정으로 고심하는 듯하더니 로이스를 쳐다보며 말했다.

"로이스 경! 그대는 대체 누구시오? 나는 지금껏 그대와 같은 이가 세상에 존재한다는 말을 들어 본 적이 없소."

"아까 말했던 것 같은데? 난 로이스. 용자 아시엘의 용병이다."

"아니, 그것 말고 그대가 어떤 존재인지 궁금해서요. 인간이 맞소? 아니면 혹시 전설의 드래곤이오?"

라테르의 표정은 잔뜩 상기되어 있었다. 그는 로이스가 마족을 쓰러뜨린 것에도 충분히 놀란 상태였지만, 그것도 방금 전 토네이도가 요새를 스쳐 간 순간의 놀라움에 비할 수는 없었다.

그의 생각에 적어도 전설의 드래곤 정도가 아니라면 이 같은 조화를 부리기란 불가능해 보였던 것이다.

그러자 로이스가 픽 웃었다.

"드래곤? 날 그따위 하찮은 것들에 비교하지 마라."

드래곤을 하찮다고 말하다니. 순간 라테르뿐 아니라 스텔라도 두 눈을 휘둥그레 뜨며 로이스를 쳐다봤다. 정말로 로이스의 정체가 궁금했기 때문이다.

"그럼 대체 무엇이오?"

"인간."

"인간……?"

그 순간 라테르는 고개를 갸웃했다. 어처구니없는 일이지만 그는 잠시 '인간'이란 이름을 가진 다른 초월적인 종족이 있나 했다. 그만큼 그는 로이스가 자신과 같은 인간이 절대 아니라 확신했기 때문이다.

로이스가 라테르를 노려봤다.

"왜 그런 표정을 짓지? 넌 인간이 뭔지도 몰라?"

"그러니까 정말로 그대가 우리와 같은 인간이란 말이오?"

"그래. 너희들과 똑같은 인간이다. 다만 너희들보다 강할 뿐이야."

로이스는 자신이 용자의 아들이었고 장차 미스토스 군주

가 될 것이라는 얘기까지는 하지 않았다. 그런 건 굳이 말해 줄 필요가 없으니까.

그냥 자신은 인간이며 아시엘의 용병이란 설명 정도면 충분했다.

라테르가 고개를 흔들었다.

"믿을 수 없소. 인간이 어찌 그대처럼 강할 수 있다는 말이오?"

"한심한 질문이군. 인간이면 마족이나 드래곤보다 약해야 정상이라 생각하는 거냐?"

"그, 그건 아니오만."

"난 이제 수련이나 할 생각이니 더 이상 쓸데없는 말로 귀찮게 하지 마라."

로이스는 식탁에서 일어나 수련장으로 향했다. 그러자 이번에는 아이리스가 다급히 외쳤다.

"잠깐! 로이스 경, 나도 할 말이 있어요."

"뭔데?"

로이스가 힐끗 고개를 돌렸다. 아이리스의 표정 역시 상기되어 있었다.

"아까 당신이 마왕을 두려워하지 않을 뿐 아니라 그와 대적하는 모습을 보있어요. 그 모습은 정말 멋졌어요. 난 당신이 무척 정의로운 존재라 생각해요."

그 말에 로이스의 입가에 빙긋 미소가 맺혔다. 다른 말보다 멋지다는 말 때문이었다. 언제든 그 말은 듣기 좋았다.

"물론이야. 난 장차 세상에 존재하는 모든 마왕들을 쓸어버릴 것이다."

"……."

아이리스는 잠시 말을 잊었다. 여기 와서 처음 보는 로이스의 따스한 미소였다.

그 미소에 그녀의 심장이 쿵 내려앉는 듯했다.

또한 그저 무섭게만 여겨졌던 로이스가 얼마나 멋진 외모를 가지고 있는지 비로소 상기되는 순간이었다.

로이스는 단연코 아이리스가 본 최고의 미소년이었다.

사르곤 제국의 그 누구도 로이스의 외모를 따를 수 없을 것이다.

하지만 지금은 그게 중요한 것이 아니다. 그녀는 황급히 붉게 물든 뺨을 양손으로 살짝 감싸며 스스로를 진정시켰다.

"그렇군요. 당신이라면 충분히 마왕들을 쓸어버릴 수 있겠죠."

"당연하지. 근데 내게 할 말이 뭐야?"

"원래는 용자 아시엘을 만나 부탁하려고 했는데, 마왕과도 대적할 능력을 갖춘 당신이라면 상관없을 것 같아요. 로이스 경! 부디 부탁이에요. 사악한 대마법사 나칸으로부터 사르곤 제국을 구해 주세요."

그 말과 함께 아이리스는 마치 황제 앞에서나 취할 만한 정중한 예를 취했다. 로이스에게 한쪽 무릎을 꿇은 것이다.

그러자 라테르 또한 당연하다는 듯 로이스 앞에 정중히 예를 취하며 말했다.

"로이스 경! 부탁하겠소. 그대가 아니라면 누구도 그 일을 할 수 없을 것이오. 어떤 보상이든 해 주겠소."

사르곤 제국의 황녀와 황자가 이렇게 무릎까지 꿇고 부탁하기란 쉽지 않았다. 그만큼 그들은 제국의 위기를 크게 느끼고 있었고, 그 일을 해결하기 위해서라면 황족으로서의 명예나 자존심 따위는 버리겠다는 각오였다.

그러나 로이스의 반응은 시큰둥했다.

"또 그 얘기인가? 난 이미 나칸을 죽이겠다고 말했다. 하지만 그건 너희 사르곤 제국을 구하기 위함이 아니라 그 놈이 아시엘의 적이기 때문이야. 난 아시엘의 용병. 따라서 아시엘과 적대 관계에 있는 이들은 모조리 쓸어버릴 것이다."

Chapter 9
차크람 전술

아이리스가 애원하듯 말했다.

"나칸을 속히 제거하지 않으면 당장 큰일이 벌어지게 돼요."

"무슨 큰일?"

"나칸의 음모에 의해 조만간 제국과 동맹국의 연합군 10만 병력이 용자 아시엘을 공격하기 위해 출정할 거예요. 어떻게든 그런 일이 벌어지는 건 막아야 해요."

순간 로이스가 코웃음 쳤다.

"나간 핑계 대지 마라. 황세의 명령이 없으면 병사들이 출정할 리 없어."

"부황께서는 나칸에게 속고 있어요."

"그러니까 한심한 거지. 고작 마법사 따위에게나 휘둘리는 황제가 황제의 자격이 있을까?"

"부탁이니 폐하를 모욕하지 말아요."

"다시 말하지만 난 너희들의 제국이 어떻게 돌아가는지에는 관심 없어."

로이스의 두 눈이 차갑게 빛났다.

"그동안은 귀찮아서 놔뒀는데 또 쳐들어오겠다고? 아주 끝장을 보자 이거군. 이번엔 나도 참지 않겠어. 나칸을 죽이고 사르곤 제국을 멸망시켜 버릴 것이다."

"아, 그건 안 돼요."

"절대 안 되오, 로이스 경."

아이리스와 라테르는 물론이고 세리나와 로디아도 경악했다. 그녀들은 즉시 로이스 앞에 무릎을 꿇었다.

"부디 마음을 돌려 주세요!"

"제발 황자 전하와 황녀 마마의 간청을 외면하지 말아 주세요, 로이스 님."

사실 누군가 혼자서 사르곤 제국을 멸망시키겠다고 말하면 그저 미친놈이 헛소리를 한다고 비웃고 말 것이다.

그건 말도 안 되는 헛된 꿈이니까.

사르곤 제국을 제외한 라키아 대륙의 모든 왕국들이 힘

을 합쳐도 제국 군사력의 반도 미치지 못한다.

감히 그 누가 사르곤 제국에 대항하겠다는 말인가?

그러나 로이스는 달랐다.

오늘 라테르 등은 분명히 목격했다. 로이스가 마왕조차 조롱하며 마족 정도는 가볍게 해치워 버리는 모습을! 또한 대자연의 재앙인 토네이도도 그를 어쩌지 못했다.

다른 누구도 아닌 로이스라면 실제로 사르곤 제국 건국 이래 최악의 참사가 발생할 수 있었다.

아니, 정말로 제국은 멸망할지도 모른다.

설령 멸망하지 않고 로이스를 격퇴한다 해도 제국은 영원히 회생 불능의 큰 타격을 입고 말 것이다.

제국이 무너지는 건 시간문제였다.

"제발 당신의 마음을 돌려 주세요, 로이스 경."

"내 목숨이라도 바치겠소. 부디 마음을 돌려 주시오."

그러나 로이스는 싸늘히 웃었다.

"더 이상 주제넘은 부탁을 했다간 용서하지 않겠다. 용자 아시엘을 적대하는 사르곤 제국은 마족이나 마왕들처럼 세상에서 사라져야 한다. 너희들도 마찬가지야. 진작 죽여야 마땅하지만 아시엘에게 너희들을 죽일 기회를 주기 위해 살려 둔 것뿐이다."

그 말과 함께 로이스는 라크아쓰를 불렀다.

"이들을 모두 거미줄로 묶어라."

"예, 로드!"

라크아쓰와 네이더들이 기다렸다는 듯 거미줄로 라테르 등을 묶어 담벼락 아래 매달았다.

"잠깐! 억울해. 난 아무 잘못도 안 했다고!"

그러고 보니 네이더들이 스텔라까지 묶어 버렸다. 모진 놈 옆에 있으면 함께 벼락 맞는다고, 그녀는 아무 말 없이 옆에서 생선만 먹고 있었는데 봉변을 당한 것이었다.

"스텔라는 풀어 줘."

"예, 로드."

라크아쓰는 스텔라의 거미줄을 풀어 주며 히죽 웃었다.

"케케케, 잠깐의 실수가 있었으니 양해 바란다."

"뭐? 양해?"

"그렇다. 본의는 아니었으니 양해 바란다. 케케케!"

"……."

스텔라는 어이없다는 듯 라크아쓰를 슥 노려봤다. 살다 살다 거미에게 양해를 바란다는 말을 듣기는 처음이었다.

하지만 지금은 양해해야지 어쩌겠는가. 이곳 요새에서 라크아쓰는 그녀보다 서열이 높았다. 그녀는 포로지만, 라크아쓰는 로이스의 부하였으니까.

그때 로이스가 말했다.

"식사를 마쳤으면 얌전히 저 안에 들어가 있어라."

"알았어."

스텔라는 군말 없이 로이스가 가리킨 건물 안으로 들어갔다.

겉은 투박하긴 하지만 내부엔 침낭이 깔린 침상도 있고, 욕조가 있는 욕실도 있었으며, 친절하게도 용변을 볼 수 있는 밀폐된 공간도 있었다.

'어제보다 집이 좋아졌어.'

로이스가 이토록 세밀한 것까지 신경 써 줄 리는 없었다. 그녀는 포로일 뿐이니 감옥 수준의 열악한 곳에 처박아 둔다 해도 할 말이 없었다.

모든 건 정령들이 알아서 해 준 것이었다. 집의 건물은 땅의 정령이, 욕조의 물은 물의 정령이 채워 놨을 테니까.

게다가 방은 먼지 하나 없이 깨끗했는데 이는 바람의 정령이 청소를 한 것이고, 춥지 않게 따뜻한 기운이 흐르는 것은 불의 정령 덕분일 것이다.

왠지 정령들을 보면 고맙다는 말을 해야 할 것 같았다.

그러던 그녀는 문밖을 힐끗 살피다 거미줄에 묶여 꿈틀대는 라테르 일행을 보며 실소를 흘렸다.

'훗, 어리석은 자들 같으니. 나처럼 조용히 있을 것이지.'

어쨌든 그녀와는 상관없는 일.

'달리 할 일도 없으니 잠이나 자야겠다.'

포로가 된 상태였지만 그녀는 태평스러웠다. 나칸의 명령을 받았지만 임무를 완수하지 못한 이상 돌아갈 수 없다. 더구나 포로로 잡혀 있으니 더더욱 갈 수 없었다.

'차라리 잘됐어. 그냥 계속 포로로 지내는 것도 괜찮을지 몰라.'

마나를 사용하지 못해 몸은 무력해졌지만 이상하게 마음은 편했다.

더 이상 사람을 죽이지 않아도 된다는 것이 더더욱!

그렇다. 그녀는 죽음의 어새신이라 불릴 만큼 무서운 암살자지만 한 번도 사람을 죽이고 마음이 편해 본 적이 없었다.

오직 나칸의 명령을 따랐을 뿐이다.

나칸은 날 때부터 버려진 그녀를 키워 준 아버지와 같은 존재!

'기회가 되면 어떻게든 임무를 완수하고 돌아가야겠지. 그분을 배신할 수는 없으니까.'

스텔라는 잠시 침울한 눈빛으로 고심에 잠겼다. 그러다 이내 본래의 무심한 표정으로 돌아가 잠이 들었다.

*　　*　　*

콰르릉! 쿠콰콰쾅!

토네이도가 지나갔지만 폭우는 그치지 않았다. 그래도 요새의 수련장에는 시원한 바람만 살살 불어올 뿐 폭우의 여파는 미치지 못했다.

슈슈슈슉! 파파파팟!

그사이 로이스는 오늘 얻은 하페온의 차크람을 수련 중이었다.

대략 10여 번 차크람들을 쏘아 보냈다가 회수하기를 반복했을까?

[미스토스의 은총이 당신의 노력에 대한 보상을 줍니다.]

[당신은 차크람 전술을 각성했습니다.]

[당신의 차크람 전술이 1단계가 되었습니다.]

[이후로 당신은 차크람을 더욱 능숙하게 다룰 수 있습니다.]

"좋아! 드디어 생겼군!"

로이스는 환호했다. 새로운 전술을 배우는 건 언제든 설레는 일이었다.

이미 웬만큼 경지에 이른 할버드와 한 손 검 전술은 혼자 수련만 해서는 단계가 거의 상승하지 않는다.

그러나 차크람 전술은 당분간 수련을 통해서도 꽤 단계가 상승할 것이다.

계속해서 로이스는 차크람의 수련에 몰두했다.

슈슈슈슉—

양쪽 손목에 있던 차크람들이 전방으로 날아간 후 36개로 분화되고, 그것들이 각기 다른 방향에서 하나의 대상을 공격하는 것!

이는 로이스가 따로 신경 쓰지 않아도 무기 자체에 깃들어 있는 특수한 능력이었다.

웬만한 대상은 그 한 번의 공격을 피하기도 쉽지 않을 것이다.

사실 36개의 방향에서 제각각 날아드는 하페온의 차크람들을 모두 피하는 것은 인간들의 검술로 치자면 적어도 소드 마스터의 경지에는 이르러야 시도해 볼 만한 것이었다.

즉, 마기를 다룰 수 있는 존재라면 이 무기만 장착하고 있어도 엄청난 위력을 발휘할 수 있었다.

[당신의 차크람 전술이 2단계가 되었습니다.]

[당신의 차크람 전술이 3단계가 되었습니다.]

게다가 단계가 상승할수록 36개의 차크람들이 좀 더 빠르면서도 다양한 궤적으로 적을 공격했다.

이 또한 로이스가 따로 신경 쓰지 않아도 되니 편했다.

그리고 1단계 때는 각각 차크람들이 쏘아져 나간 후 한 번 적을 공격했지만, 2단계 때는 2번, 3단계 때는 3번이었다.

이런 식이라면 10단계가 되었을 때, 각각의 차크람들이 적을 10번씩 공격할 수 있을 것이다.

마치 차크람들이 모두 살아 있는 새처럼 대상을 지속적으로 공격한다는 뜻.

'그럼 그사이 난 다른 무기를 써도 되겠군.'

어차피 차크람은 팔뚝에 착용하는 무기. 당연히 양손엔 할버드나 검을 쥐고 있어도 무방할 터였다.

차크람들이 적을 공격함과 동시에 로이스는 할버드나 검을 휘두르며 공격에 가세할 수 있다는 뜻.

이는 이미 하페온과 싸울 때 로이스가 겪어 본 일이었다.

하페온은 차크람으로 로이스를 포위 공격하면서 동시에 쌍검을 휘두르며 돌진해 왔으니까.

그와 같은 공격은 차크람의 전술 단계가 높아질수록 더욱 가공스러운 위력을 발휘할 것이다.

더구나 하페온의 차크람에는 더욱 경악할 만한 비밀이 숨겨져 있었으니.

양쪽 손목에 있는 각각의 차크람에만 오러 블레이드를 생성해 날려 보내면 그것이 분화될 때도 오러 블레이드가 그대로 유지되는 것이었다.

36개나 되는 차크람 오러 블레이드들이 발휘하는 가공스러운 위력!

하페온과 싸울 당시 로이스도 처음엔 그것들에 당해 전신이 피투성이가 되고 말았지 않았던가.

이제는 그 놀라운 무기가 로이스에게 있으니 마족들과 싸울 때도 도움이 될 것이다.

'이 차크람에 파괴의 마력석이 부착되면 꽤 쓸 만할 거야.'

현재 봉인된 마력의 구슬은 모두 3개다. 하나는 릴리아나가 가지고 있어 지금쯤 그 봉인을 풀었을 것이다. 나머지 2개는 로이스가 가지고 있었다.

'이 중 하나라도 파괴의 마력석이 나와 주면 좋을 텐데.'

3개 다 안 나오면 할버드에 부착된 파괴의 마력석을 차크람에 부착하는 방법도 있을 것이다.

할버드의 공격력이 떨어지는 건 아쉽지만, 기왕이면 위력이 훨씬 강한 무기에 부착하는 것이 전투 시에 유리할 테니까.

"오늘은 여기까지 하고 그만 쉬자."

어느덧 날은 어두해졌다. 물론 요새 안은 불의 정령이 뿌려 놓은 불꽃의 조명들이 떠 있어 낮처럼 환한 상태이긴 했다.

로이스가 수련을 마치려 하자 근처에서 지켜보고 있던 퓨리가 말했다.

"그럼 저녁 준비할게요, 로이스 님."

"응."

로이스는 고개를 끄덕였다. 그런데 퓨리가 곧바로 가지 않고 조심스레 물었다.

"저녁은 몇 인분을 준비해야 할까요?"

2인분이냐 6인분이냐를 묻는 것이다. 로이스와 스텔라 외에 지금 거미줄에 묶여 있는 라테르 일행에게도 음식을 줘야 할지 퓨리는 판단이 서지 않았기 때문이다.

본래라면 당연히 6인분을 준비했으리라.

그러나 오늘 로이스가 라테르 일행에게 무척 분노한 상태라 과연 그들에게도 식사를 제공할지 의문이었다.

"당연히 나와 스텔라 것만 준비해야지. 저들은 오늘 굶

긴다."

아니나 다를까, 로이스는 냉랭한 표정으로 말했다.

"네, 그럼 그렇게 준비하겠어요."

퓨리는 나직이 탄식했다. 심성이 착한 그녀로서는 라테르 일행이 거미줄에 묶여 있는 것도 모자라 꼬박 굶게 되는 것이 무척 불쌍하게 여겨졌기 때문이다.

잠시 후 퓨리는 물고기를 잡으러 밖으로 나갔다.

그사이 로이스는 식탁 앞에 앉아 잠시 생각에 빠져 있었다.

"그나저나 도무지 이해가 안 된단 말이야. 왜 마왕 녀석들은 직접 나타나지 않고 부하들만 보내는 걸까?"

뭐 덕분에 좀 더 쉽게 강해지는 것은 있으니 나쁜 건 아니었다.

만약 마왕이 직접 나타났다면, 로이스가 이기기는커녕 오히려 무참히 패배해 릴리아나의 꽃밭으로 소환되는 사태가 벌어졌을 수도 있으니까.

싸움이라는 것이 그저 패기만으로 되는 것은 아님을 로이스는 누구보다 잘 안다.

실력이 없으면 아무리 발악을 해도 소용없는 것이다.

따라서 마왕이 아닌 마족들이 먼저 나타나는 것이 사실

로이스에게는 매우 유리했다. 앞으로도 마찬가지다. 마족들을 해치우며 점점 레벨을 올리면 장차 마왕을 해치우기가 훨씬 수월해질 것임은 당연지사.

그래서 이상한 것이었다. 마왕들이 바보가 아니라면 처음부터 자신이 직접 나서서 로이스를 공격했어야 정상 아닐까?

설마 일부러 로이스가 강해지길 기다리는 것은 아닐 테고 말이다.

심지어 데세오는 로이스를 회유해 자신의 부하로 만들려는 시도를 하기도 했다. 이는 뭔가 마왕답지 않은 처사였다.

"젠장! 아무리 생각해도 모르겠네."

그러나 더 생각한다고 알 수 있는 일도 아니었다. 그냥 성으로 돌아가면 마족 부하인 란델이나 릴리아나에게 물어보기로 했다.

그렇게 로이스가 혼자서 투덜대며 중얼거리는 소리를 거미줄에 묶여 있는 라테르 일행도 묵묵히 듣고 있었다.

모두들 절망으로 가득해 하나같이 맥이 빠져 있었는데, 돌연 아이리스가 입을 열었다.

"그건 아마도 마왕들이 대마왕 불칸을 부활시키기 위해 자신들의 힘을 다른 데 쏟고 있기 때문이겠죠."

"……!?"

순간 로이스는 고개를 돌려 아이리스를 쳐다봤다.

그녀가 어떻게 대마왕 불칸을 알고 있는 것일까? 전혀 뜻밖이었다.

"다시 말해 봐. 무엇 때문이라고?"

쓸데없는 헛소리라면 가만두지 않겠다는 듯 로이스의 눈빛은 차가웠다. 아이리스는 힘없이 웃으며 대답했다.

"사르곤 제국의 황궁 도서관에는 금서들을 모아 둔 비고가 따로 있어요. 그 금서들 중에 예언가 네롱이 쓴 책들이 몇 권 있었죠. 호기심에 한 번 읽어 봤어요. 그중에 있던 내용이에요. 당연히 허황된 얘기라 생각했는데, 이곳에서 마왕과 마족들을 실제로 보고 나니 어쩌면 그 책의 내용이 거짓이 아닐지도 모른다는 생각이 드는군요."

"라크아쓰, 아이리스의 거미줄을 풀어 줘."

"예, 로드."

곧바로 로디아를 묶고 있던 거미줄이 사라졌다. 그녀는 그대로 바닥에 사뿐 내려앉았다. 라크아쓰가 가느다란 한 가닥의 거미줄로 그녀가 다치지 않게 해 준 것이었다.

로이스가 물었다.

"계속해 봐. 그 책에서 네가 읽은 내용이 뭔지."

그러자 아이리스가 대답했다.

"내가 아는 건 그게 다예요. 그 책이 워낙 난해한 문자로 되어 있어 해독하기가 쉽지 않았어요. 그래서 몇 장 읽다 관뒀죠."

"그렇다면 어쩔 수 없지."

로이스는 아쉬워하는 표정을 지었다. 그러다 일전에 꿈속에서 미스토스 군주 레카온이 했던 말이 떠올랐다.

'레카온은 불칸을 쓰러뜨렸지만 죽이지는 못했다고 했어. 그가 부활하면 무서운 일이 벌어질 거라 했고 말이야.'

그렇다면 확실히 아이리스가 말한 내용도 신빙성이 있었다.

그 말대로 마왕 데세오 역시 대마왕 불칸의 부활이 우선이다 보니 다른 데 힘을 쏟지 못하고 있는 것이다.

'그래서 날 부하로 만들려고 허튼수작을 부렸던 거군. 부하들만 계속 보내는 것도 마찬가지고.'

데세오뿐 아니라 마왕 크리움이나 헤이나크도 마찬가지일 것이다.

자신의 권속이 죽었는데 로이스를 내버려 두고 있다는 것은 그 이유가 아니면 설명이 되지 않았다.

'후후, 역시 그런 이유가 있었던 거야.'

확실히 단정할 건 아니지만 어느 정도 의문이 풀리자 로이스는 기분이 좋아졌다.

"넌 저녁을 먹게 해 주겠다. 하지만 다른 녀석들은 꿈도 꾸지 마라."

그러자 아이리스는 고개를 흔들었다.

"고맙지만 나 혼자서는 먹지 않겠어요. 모두 함께 먹는 것이라면 모를까."

"그럼 어쩔 수 없지. 거절한 건 너니 날 원망하지 마."

로이스는 라크아쓰에게 눈짓을 했다. 그러자 라크아쓰가 다시 아이리스를 거미줄로 묶어 버렸다.

라테르가 탄식했다.

"아이리스, 왜 그런 말을 했느냐? 난 괜찮으니 너라도 먹고 기운을 내야 하지 않겠느냐?"

"오라버니랑 로디아, 세리나 경을 두고 나 혼자 음식이 어떻게 넘어가겠어요? 차라리 같이 굶는 게 나아요."

"이 못난 오라버니로 인해 네가 고생하는구나."

"아니에요. 그런 말씀 마세요."

아이리스의 눈에서 눈물이 뚝 흘러내렸다. 라테르의 표정도 침울하기 짝이 없었다. 어쩌다 제국의 황족인 자신들이 이 꼴이 되었을까?

그런데 세리나는 그들보다 더욱 상심한 듯했다.

"전하, 모든 건 저의 무능함 때문이에요. 제가 너무 무능해 전하를 이렇게 고생시키고 있으니 저를 용서하지 마세요."

"무슨 말이냐, 세리나? 이건 모두 내가 못난 탓이다. 너는 최선을 다했으니 두 번 다시 그런 말 하지 마라. 그리고 지금 우리 신세는 아무것도 아니다. 장차 제국이 어찌 될지 걱정이구나."

이대로라면 필시 멸망하고 말 것이다. 로이스가 멸망시키지 않더라도 사악한 나칸으로 인해 제국은 결국 파멸으로 치닫게 될 것이다.

그 생각을 하자 라테르는 참았던 눈물을 주르륵 흘리고 말았다. 그 모습을 본 세리나와 로디아가 통곡하기 시작했다.

"전하! 흐흑!"

"흐흑!"

그러자 아이리스도 더 이상 울음을 참지 못하고 울었다.

그때였다.

"다들 애들도 아니고 찔찔 짜고 있다니 한심하군. 그런다고 내가 용서해 줄 거라 생각해? 계속 시끄럽게 굴면 입도 거미줄로 묶어 버릴 거야."

로이스였다. 그는 못마땅한 표정으로 라테르 일행을 노려보고 있었다.

제국에서 아시엘의 루파인 왕국을 멸망시켰을 때 저들은

대체 무엇을 했단 말인가?

지금처럼 애통해 했을까?

천만에. 그다지 관심이 없거나 설령 관심을 두더라도 그냥 살짝 안타까워하고 말았을 것이다.

지금 매우 불쌍한 척하지만 그래 봤자 저들은 어차피 황제와 한통속일 뿐이다. 로이스는 사악한 마법사에게 휘둘리는 어리석은 황제의 일족들에게 동정심을 품고 싶지 않았다.

“로이스 님! 저녁 준비 다 됐어요. 어서 오세요.”

그때 퓨리가 환하게 미소 지으며 말했다. 실은 로이스가 금세라도 폭발할 듯한 기세였기에 재빨리 음식 쪽으로 그의 관심을 돌린 것이었다.

“후후, 저녁이라고? 그럼 먹어야지.”

확실히 로이스는 단순했다. 언제 분노했냐는 듯 식탁 앞에 후다닥 앉아 생선 구이를 뜯기 시작했다.

사방이 물이라 메뉴가 주로 생선 구이지만, 그래도 별로 질리지 않았다.

그사이 스텔라도 나와 식탁 앞에 앉았고 묵묵히 식사를 시작했다.

로이스는 그녀에게 별다른 말없이 식사에 열중했다.

그렇게 또 하루가 저물어 갔다.

*　　*　　*

로이스가 잠든 한밤중.

거미줄에 묶인 채 처량 맞은 표정을 짓고 있는 라테르 일행은 쉽게 잠이 들지 못했다. 배도 고프고 거미줄에 묶여 있는 것도 괴로웠다. 그러나 제국이 곧 멸망할지도 모른다는 걱정에 비하면 그런 것들은 아무것도 아니었다.

"정말 이대로 끝일까요? 무슨 방법이 없을까요?"

아이리스가 물었다. 라테르가 탄식했다.

"제국 연합군의 병력 10만이 샤론 대륙의 국경을 넘는 건 시간문제다. 그때 로이스 경의 분노를 누가 막을 수 있을지. 뭐라도 해 봐야 할 텐데 이렇게 묶여만 있으니 큰일이야."

아이리스는 씁쓸히 웃었다.

"우리가 지금 황궁으로 돌아간다 해도 무슨 대책이 있겠어요?"

"그건 그렇구나."

라테르는 황제에게 직언을 했다가 감금을 당했다.

결국 황궁을 몰래 탈출해 이곳에 온 상황이었다.

이제 라테르는 물론이고 아이리스도 황궁으로 돌아가면

무슨 일이 벌어질지 알 수 없었다. 나칸이 그사이 또 무슨 음모를 꾸며 놨을지 모르니까.

"모든 게 너무 절망적이에요. 어디를 봐도 빛은 보이지 않고 어둠만 가득 차 있는 것 같아요."

아이리스의 표정은 무척이나 슬퍼 보였다. 삶의 의지까지도 잃어버릴 듯한 기색이었다.

이런 경우 보통 때라면 로디아나 세리나가 기운을 내라고 말을 했을 것이다.

그러나 그녀들 또한 아이리스의 말에 동조하고 있었다. 라테르 또한 마찬가지였다.

모든 게 절망뿐. 그들의 표정은 마치 도축장에서 죽음만 기다리고 있는 소와 같았다.

그런데 그때 그들을 향해 매우 동정 어린 시선을 보내는 존재가 하나 있었으니.

'쯧쯧, 어쩌다 저리됐는지 원. 네이더인 내가 들어도 디 불쌍하구먼.'

다름 아닌 네이더 두목 라크아쓰였다.

근처에서 자는 척 거미줄에 몸을 걸치고 있었지만, 라테르 등이 하는 말을 모두 듣고 있었던 것이다.

"케케, 처지를 듣고 보니 딱하긴 하군. 절망적이긴 하지만 방법이 없는 건 아닌데……."

라크아쓰는 자신도 모르게 중얼거렸다.

그것도 하필이면 라키아 대륙의 공용어였다. 그는 무척 다양한 언어를 알고 있지만 방금 전 라테르와 아이리스 등의 대화를 듣고 있었기에 부지중 라키아 대륙의 언어로 말한 것이다.

그러자 아이리스가 놀라 물었다.

"방금 뭐라 했느냐? 방법이 있다고?"

"케케, 아니다. 그냥 혼자서 해 본 말이니 신경 쓰지 마라."

라크아쓰는 흠칫 놀라더니 이내 다시 자는 척했다. 아이리스가 다시 외쳤다.

"라크…… 아쓰라고 들었다. 그게 네 이름 맞느냐?"

"그렇다. 내 이름은 라크아쓰. 네이더들의 두목이다."

라크아쓰는 다시 눈을 뜨고 대답했다. 그는 본래 말하기를 무척 좋아하는 터라 누군가 말을 걸어 주면 귀찮아하지 않았다.

"아까 분명 넌 뭔가 방법이 있을 거라고 말했어. 그렇지 않으냐?"

"잘못 들었을 것이다. 아니면 잠꼬대일 수도 있겠지. 난 원래 잠꼬대 많이 한다."

라크아쓰는 무슨 소리냐며 잡아뗐다. 그러나 아이리스와

대화를 나누는 건 흥미로운지 수십 개의 눈들을 번쩍이며 그녀를 쳐다봤다.

"아니야. 넌 분명 무슨 방법을 알고 있을 것이다. 알려주면 상을 주도록 하겠다. 난 사르곤 제국의 황녀 아이리스다. 뭐든 네가 원하는 걸 말해 보아라."

그러자 라테르가 아이리스를 향해 이 무슨 한심한 짓이냐는 듯한 시선을 보냈다.

"아이리스! 지금 거미 따위에게 무슨 기대를 하는 것이냐? 아무리 우리가 이런 처지가 되었다 해도 네가 황족이라는 사실을 잊지 마라."

황녀인 아이리스가 한낱 거미에게 뭔가 구걸을 하는 것처럼 보여 라테르는 기분이 언짢았다. 차라리 죽으면 죽었지 그런 비굴한 모습은 보여서는 안 되는 것이다.

그러나 아이리스는 생각이 달랐다. 그녀는 라크아쓰에게 의견을 구하는 것을 비굴하다고 느끼지도 않았다.

'라크아쓰는 로이스 경의 부하야. 로이스 경이 평범한 거미를 부하로 데리고 있을 리 없어.'

Chapter 10
라크아쓰의 추천

아이리스는 라크아쓰에게 뭔가 비범한 구석이 있을 것이라 확신했다.

다른 걸 볼 것도 없이 지금처럼 인간들과 자유롭게 대화를 나누는 능력만 해도 아주 대단한 것이었다.

그는 절대 평범한 거미 몬스터가 아니었다.

그래서 아이리스는 다시 라크아쓰에게 외쳤다.

"부탁이니 어서 말해 보아라, 라크아쓰. 내게 방법을 알려 주면 반드시 보답을 할 것이다."

그때 라크아쓰 역시 상당히 불쾌한 기색이 역력했다. 물론 황자 라테르 때문이었다. 자신을 한낱 거미 따위라고 칭하며 무시했기 때문이다.

그러나 그와 달리 황녀 아이리스는 자신에게 정중히 부탁을 하고 있었다.

라크아쓰는 그런 식으로 자신에게 정중한 부탁을 하는 것에 매우 약했다. 예전에 용자 아시엘이 라크아쓰를 경이라 불러 줬을 때 얼마나 감동했었는가.

라크아쓰는 잠시 고민 끝에 아이리스를 향해 말했다.

"아시엘 님은 나에게 라크아쓰 경이라고 부른다. 아이리스! 너 또한 나를 그리 불러 준다면 부족한 의견이나마 말을 해 줄 수 있다."

순간 라테르가 어이없다는 듯 코웃음 쳤다.

"경이라니! 정말 더 이상 두고 보지 못하겠구나. 네 이놈! 한낱 거미 따위가 인간의 말을 하는 것도 가증하거늘 감히 경이라 불리기를 원하는 것이냐?"

"오라버니! 잠깐만요! 부탁이니 지금은 절 믿어 주세요."

"아이리스! 하지만 이건 좀 아니지 않으냐?"

사실 라테르의 이 같은 반응은 당연한 것이지만, 지금 이 순간에는 다소 경솔한 면이 없지 않았다. 아이리스는 내심 속이 탔다.

"이 일은 제게 맡겨 주세요. 부탁이에요."

그러자 라테르가 어쩔 수 없다는 듯 고개를 끄덕였다. 그는 더 이상 아무 말도 하지 않고 눈을 감아 버렸다.

곧바로 아이리스는 라크아쓰를 향해 진지한 표정으로 말했다.

"라크아쓰 경! 내가 그대를 외모로만 보고 함부로 대했군요. 진심으로 사과할게요. 어떤 비책인지 모르지만 내게 알려 준다면 경청하겠어요."

그러자 라크아쓰의 눈이 반짝였다.

그냥 혹시나 싶어서 한번 해 본 말이었는데 아이리스가 이토록 정중하게 자신에게 부탁을 해 올지는 몰랐던 것이다.

게다가 비책에 경청이라는 말까지! 이는 아이리스가 라크아쓰의 의견을 그만큼 귀하게 평가하고 있다는 뜻이었다.

곧바로 라크아쓰는 만면에 미소를 지으며 말했다.

"케케케! 경이라는 말은 언제 들어도 기분이 좋군요. 알겠습니다, 아이리스 님. 별것 아닌 의견이지만 당신이 그리 부탁하시니 주저 없이 말씀드리지요."

라크아쓰의 말투도 달라졌다. 오는 말이 고와야 가는 말이 곱다고. 그는 자신을 존중해 주는 이에게는 더없이 너그러운 편이었다.

이에 아이리스 또한 반색했다. 곧바로 그녀는 환한 미소를 지으며 말했다.

"어서 말해 보세요, 라크아쓰 경."

"나는 원래 로드께 죽을 상황이었지요. 하지만 로드께 평생 옷을 만들어 드리겠다 약속해서 살아남았습니다. 덕분에 그분의 부하가 되었습지요."

아이리스는 고개를 끄덕였다. 갑자기 왜 라크아쓰가 자신의 과거를 말하는지는 알 수 없었다. 그리고 지금 들은 내용만으로는 무슨 대단한 비책이 떠오르지도 않았다.

그래도 그녀는 묵묵히 라크아쓰의 말을 경청했다. 라크아쓰는 그런 아이리스의 태도가 흡족한지 빙그레 웃으며 말을 이었다.

"내가 할 얘기는 다 끝났습니다."

"끝났다고요?"

아이리스는 고개를 갸웃했다. 그러다 돌연 실소를 흘렸다.

"설마 우리보고 로이스 경의 부하가 되라는 뜻인가요?"

"케케케! 역시 머리가 나쁘지 않군요. 나처럼 당신들이 한낱 거미라 칭하는 존재도 옷 만드는 재주 하나로 로드의 부하가 되었으니, 나보다 재주가 많아 보이는 당신들이 어찌 어렵겠습니까?"

"……."

아이리스는 잠시 말을 잊었다. 뭔가 대단한 비책인 줄 알았는데 설마 로이스의 부하가 되어 생명을 구걸하라는 뜻이었다는 말인가?

역시나 쓸데없는 기대였다는 생각이 들어 맥이 탁 풀렸다.

“내가 뭐라 했느냐?”

라테르가 그거 보라는 듯 냉소했다. 세리나와 로디아는 아이리스가 상심할까 봐 뭐라 말하지는 않았지만, 모두들 쓸데없는 짓을 했다는 것에는 동의하는 표정이었다.

그러자 라크아쓰가 아이리스를 향해 다시 말했다.

“로드께서는 사르곤 제국의 황자나 황녀의 부탁엔 코웃음 칠지 몰라도 부하의 부탁은 쉽게 외면하지 않는 분입니다.”

그 말을 끝으로 라크아쓰는 다시 본래의 자리로 돌아가 버렸다.

순간 아이리스의 두 눈이 빛났다.

“부하의 부탁은 외면하지 않는다고?”

그러고 보니 라크아쓰의 말은 결코 우습게 여길 것이 아니었다.

그의 말이 사실이라면?

‘내가 그의 부하가 된다면? 그가 나의 부탁을 들어줄지

도 모른다는 뜻이야.'

물론 일국의 황녀로서 섣불리 취할 행동은 아니었다. 그러나 만약 그것이 사실이라면 사르곤 제국을 멸망의 위기에서 구해 낼 수도 있을 것이다.

그럴 수만 있다면 로이스의 수하가 되는 것쯤은 얼마든지 감수할 수 있었다.

그때 라테르가 아이리스의 표정을 살피더니 불안한 듯 물었다.

"너 설마 그 말도 안 되는 생각을 하는 것은 아니겠지?"

아이리스는 결연한 눈빛을 보였다.

"저는 제국을 구하기 위해서라면 목숨도 바칠 수 있어요. 그런데 목숨을 내놓는 것이 아니라 로이스 경의 수하가 되는 것뿐인데 어려운 일은 아니죠. 그로써 로이스 경의 분노를 잠재우고 제국을 구할 수 있는데 망설일 이유가 있을까요?"

"음, 그건……."

라테르는 침음을 흘렸다. 그는 반박하지 못했다. 지금은 모든 것이 절망적인 상황이다. 이대로라면 제국은 끝장이었다.

물론 아이리스의 말대로만 된다면 어둠 속에 빛이 비치는 것과 같은 상황일지도 모른다.

하지만 확실히 로이스가 부탁을 들어준다는 보장도 없지 않은가.

설령 그렇다 해도 제국의 황자로서 이방인의 수하가 된다는 것은 있을 수 없는 일이었다. 비록 목숨을 바쳐 제국을 구하겠다는 마음은 있을지언정 그것과 이것은 별개의 문제였다.

그때 아이리스가 라테르의 심중을 짐작한 듯 엷게 미소 지었다.

"오라버니는 걱정하지 말아요. 이 일은 저 혼자면 충분해요. 모든 건 제게 맡겨 주세요."

"아이리스! 다시 한번 생각해 볼 수 없겠느냐?"

"이미 결정했어요."

아이리스는 자신이 아니면 절대 불가능한 일임을 알았다. 라테르는 차라리 죽으면 죽을지언정 로이스의 부하가 될 생각은 하지 못할 것이다.

'어쩔 수 없는 일이야. 나라도 나서서 희생하지 않으면 아무런 희망도 없잖아.'

솔직히 로이스가 마왕이나 마족조차 두려워하지 않을 만큼 대단한 존재라는 것을 알고 있지만, 그의 수하가 된다는 것은 당연히 두려운 일이었다.

제국의 황녀인 그녀가 로이스의 말 한마디에 목숨을 걸

어야 할 수도 있기 때문이다. 과연 자신이 로이스에게 진심으로 충성을 바칠 수 있을지도 의문이었다.

그러나 지금 다른 길은 단 하나도 보이지 않았다.

오직 이 길 외에는.

곧바로 그녀는 라크아쓰에게 말했다.

"라크아쓰! 내일 로이스 님이 일어나면 나의 뜻을 전해 주세요. 그의 부하가 되겠어요."

쇠뿔도 단김에 빼라고 했듯이 지금 미리 말을 해 두는 것이 좋을 것 같아서였다.

그러자 라크아쓰가 눈을 뜨고 히죽 웃었다.

"현명한 판단이군요. 내일 아침 로드께 당신의 뜻을 전하겠습니다, 아이리스 님."

"고마워요."

아이리스는 씁쓸히 미소 지었다. 이제 말로 이렇게 공언을 한 이상 되돌릴 수 없다. 로이스의 부하에게 한 말이지만, 그에게 직접 한 것이나 마찬가지이니까.

"마마, 진정이신가요?"

그때 로디아가 물었다. 그녀는 무척이나 혼란스러운 표정이었다. 그녀가 알고 있는 아이리스는 황녀라는 신분을 떠나 무척이나 자존심이 강한 여인이었다. 그런 그녀가 누군가의 부하가 된다는 것은 꿈에서라도 있을 수 없는 일인 것이다.

"진정이야. 난 이미 마음을 굳혔다, 로디아. 그동안 나와 함께해 줘서 고마웠어."

이제 로이스의 부하가 되면 로디아와도 이별일 것이다.

아이리스는 로이스에게 라테르와 세리나, 로디아를 풀어 달라 부탁할 생각이었으니까.

그런데 그때 로디아가 잠시 눈을 감고 뭔가를 생각하는 듯하더니 이내 눈을 뜨고 말했다.

"그럼 저도 마마의 뒤를 따르겠어요."

"그게 무슨 소리야?"

"마마께서 이런 선택을 하신 데는 무능한 저의 잘못이 커요. 그런데 어찌 마마 혼자서만 그 짐을 지는 걸 두고 보겠어요? 절대 그럴 수는 없어요."

로디아의 말에는 진심이 담겨 있었다. 아이리스는 눈물을 흘렸다.

"로디아, 네 마음은 알겠어. 하지만 이 짐은 나 혼자 지고 갈게. 넌 이미 그동안 내게 충분히 많은 도움을 줬어. 네가 아니었다면 그 숨 막히는 황궁 생활을 난 버텨 내지 못했을 거야."

"마마, 저는 이미 마음을 굳혔어요. 절 버리고 가실 생각은 마세요."

로디아는 그 말과 함께 라크아쓰를 향해 외쳤다.

"라크아쓰 경! 나의 뜻도 당신의 로드께 전해 주세요. 비록 최고는 아니지만 내가 가진 마법을 그를 위해 쓰겠다고요."

"케케케! 알았소."

라크아쓰는 흡족하게 웃으며 고개를 끄덕였다.

*　　*　　*

이튿날 아침.

로이스가 잠에서 깨어나자 라크아쓰가 찾아와 말했다.

"로드! 긴히 드릴 말씀이 있습니다요."

"뭐냐? 말해 봐."

"어젯밤에 포로 중에 두 명이 로드의 부하가 되고 싶다 말했습니다."

"뭐? 부하라고?"

"예, 아이리스와 로디아입니다."

"허튼수작들을 부리는군. 내게 어떻게든 환심을 사서 사르곤 제국을 살려 보겠다는 생각이 분명해. 난 그들을 부하로 받아 줄 생각 없으니 쓸데없는 생각 하지 말라고 해."

로이스는 시큰둥한 표정으로 대꾸했다. 스텔라라면 몰라

도 아이리스나 로디아는 부하로 만들어 봤자 귀찮기만 할 것 같아서였다.

이에 라크아쓰는 흠칫 놀랐다. 그의 예상과 달리 로이스가 전혀 관심을 보이지 않았기 때문이다. 이대로라면 아이리스와 로디아는 매우 실망하고 말 것이다.

'나에게 경이라 부르며 존중해 줬는데 그런 분들에게 실망을 끼칠 수는 없지.'

어떻게든 도와줘야겠다는 생각에 라크아쓰는 조심스레 다시 말했다.

"로드! 제가 볼 때 두 분은 로드께 분명 큰 도움이 될 것 같습니다."

"어딜 봐서 그런 생각을 하는 거냐?"

"솔직히 그냥 저의 느낌입니다. 로드께서는 절대 후회하지 않으실 것입니다."

"음, 그래?"

라크아쓰가 비록 천덕꾸러기 같은 모습을 보이긴 하지만 그래도 자신의 부하다. 무엇보다 매일 쓸 만한 옷과 침낭 등을 만들어 주기도 해서 기특하기 짝이 없었다.

그래서일까? 로이스는 라크아쓰의 말을 건성으로 듣지 않고 진지하게 들어 주었다.

'라크아쓰 녀석이 무엇 때문에 그녀들을 내게 추천하는

건지 모르지만, 일단 한번 들어나 봐야겠군.'

로이스는 고개를 끄덕였다.

"네가 그리 말하니 한번 그녀들의 말을 들어 보겠다. 가서 이리 데려와라."

"예, 로드. 당장 데려오겠습니다. 케케케!"

라크아쓰는 신이 나서 담벼락으로 날듯이 달려갔다. 그러고는 아이리스와 로디아를 묶고 있는 거미줄을 없앴다.

"로드께서 당신들을 부르십니다. 어서 가 보시지요."

"고마워요, 라크아쓰 경."

"이 은혜는 잊지 않겠어요."

아이리스와 로디아는 방금 전 라크아쓰와 로이스가 나누는 대화를 들었다. 둘의 목소리가 워낙 컸기 때문이었다.

따라서 라크아쓰가 그녀들을 위해 노력을 했다는 사실도 알고 있었다. 라크아쓰가 아니었다면 로이스는 그녀들에게 부하가 될 기회조차 주지 않았을 것이다.

그런 만큼 그녀들이 라크아쓰에게 고마움을 느끼는 것은 당연했다.

그러나 지금은 그보다 로이스의 마음에 드는 것이 우선이었다.

그때 로이스가 방에서 나와 식탁 앞에 앉았다. 그리고 아이리스와 로디아를 쳐다보며 물었다.

"너희들 정말로 나의 부하가 될 마음이 있는 거냐?"

순간 아이리스가 로이스 앞에 무릎을 꿇었다.

"받아만 주신다면 당신을 위해 충성을 바치겠어요."

아이리스는 밤새 이 말을 수백 번이나 속으로 반복했다. 로이스 앞에 섰을 때 혹시라도 이 말이 나오지 않을까 봐서다. 그만큼 황녀인 그녀에게 있어 지금의 말은 쉽지 않았다.

뚝.

눈물이 흘러나와 바닥으로 떨어졌다. 깨문 입술 가로 피가 맺혔다.

로디아 역시 마찬가지였다. 그녀 역시 마탑 최고의 천재라 불리는 만큼 그 자부심은 하늘을 찌른다. 황녀인 아이리스가 그녀를 친구처럼 대해 주지 않았다면, 절대 황녀를 돕지 않았을 것이다.

그런 그녀가 로이스에게 충성을 맹세하고 있었다. 엄밀히 말하면 그의 부하가 되겠다고 구걸하고 있었다.

'마마를 혼자 이곳에 둘 수는 없어. 내가 옆에서 함께 있으면 마마께서도 덜 힘드실 거야.'

아이리스는 제국을 위해, 로디아는 아이리스를 위해 로이스의 부하가 되겠다 맹세한 것이다.

순간 로이스가 싸늘히 웃었다.

"뭔가 착각들을 하고 있군. 난 아직 너희들을 부하로 받아들일지 결정하지 않았다. 너희들이 나의 부하가 될 만한 자격이 있는지 어떤 식으로든 증명을 해 봐."

"자격이라고요?"

"라크아쓰는 옷을 매우 잘 만든다. 그래서 난 라크아쓰를 매우 좋아하지. 덕분에 매일 새 옷을 입을 수 있으니까."

"……!"

그제야 아이리스 등은 로이스의 말뜻을 이해했다.

그녀들이 무엇을 잘하는지, 과연 어떤 능력을 가지고 있는지 알려 달라는 것이었다. 그것을 듣고 판단하겠다는 것!

그러자 로디아가 로이스를 바라보며 말했다.

"아이리스 마마의 능력은 제가 설명드리겠어요. 마마는 학문과 병법, 마법까지 모두 상당한 경지에 이르셨어요. 특히 병법에 있어서는 사르곤 제국 최고의 전략가라는 자이르트 후작도 인정할 정도죠. 앞으로 당신이 마왕의 군대와 전투를 벌일 때 분명 큰 힘이 되어 주실 수 있어요."

"병법이라. 뭐 쓸 만하겠군."

로이스는 병법은 잘 모른다. 일대일이나 일대다수의 전투에서 자신의 압도적인 전투력으로 적을 쓸어버리는 것 외에는 관심 없다. 골치 아픈 것은 딱 질색이니까.

그런데 만약 아이리스가 있으면 앞으로 혹시 군대가 생겼을 때 그 지휘를 맡겨도 될 것이다. 유사시 아시엘의 성에도 큰 도움을 줄 수 있을 것이니 여러모로 유용해 보였다.

로이스의 시선이 잠시 아이리스에 머물렀다가 다시 로디아 쪽으로 향했다.

은빛 머리카락을 가진 미소녀 로디아.

그러고 보니 이 모습도 낯설지 않다.

사기꾼 마법사가 말했던 제국 4대 미녀 중의 하나였기 때문이다. 당연히 그때 보았던 모습에 비해서는 한참 못 미치지만 그래도 눈이 시원해질 만큼 아름다운 것은 분명했다.

그러나 그렇다 해서 아무런 능력도 없는데 그저 얼굴이 예쁘다는 이유로 부하로 거둘 생각은 없었다.

"이제 너에 대해서도 말해 봐. 넌 무엇으로 실력을 증명할 거지?"

그러자 이번에는 아이리스가 대답했다.

"로디아가 가진 능력에 대해서는 제가 설명할게요."

"길게 설명하지 말고 최대한 짧게 말해 봐."

"그럼 거두절미하고 말씀드리죠. 사르곤 제국에서 대마법사 나칸과 견줄 수 있는 유일한 마법사가 바로 로디아예요. 로디아라면 앞으로 당신이 마왕이나 마족과 싸울 때 그들의 마법에 당하지 않도록 최선을 다해 도울 수 있어요."

"그것도 꽤 쓸 만하군."

마족들과 싸울 때 로이스가 가장 낭패를 겪었던 것이 바로 그들의 마법 공격이었다. 그런데 사르곤 제국에서 손에 꼽히는 천재 마법사인 로디아라면 어떤 식으로든 로이스에게 도움을 줄 수 있을 것이다.

로이스는 미소 지었다.

"일단 너희들은 자격은 증명된 것 같군. 그런데 더 중요한 것이 있어."

"그게 뭐죠?"

"내가 너희들의 충성심을 어떻게 믿지? 지금 내게 충성한다고 말한 후 나중에 뒤통수를 치지 않는다는 보장이 없잖아."

그러자 아이리스가 씁쓸히 웃으며 대답했다.

"솔직히 말하면 지금 당신에 대한 충성심은 거의 없어요. 하지만 앞으로 충성심을 가지도록 노력해 보겠어요."

이는 사실이었다. 갑자기 무슨 충성심이 생기겠는가. 다른 방법이 없어 로이스의 부하가 되려는 것뿐이다. 거짓으로 충성심을 가지고 있다고 말할 수는 없었다.

"하지만 당신을 배신하는 일은 없을 거예요. 이건 진심이에요."

아직 충성심은 없지만 그렇다고 배신은 하지 않겠다. 뭔가 이해하기 어려운 모호한 말이었다.

로이스가 웃었다.

"솔직한 건 마음에 든다. 로디아, 너는?"

로디아가 대답했다.

"저도 마찬가지예요. 하지만 절대 당신을 배신하지 않겠어요. 앞으로 충성심을 가지도록 노력할게요."

로이스는 잠시 침묵했다가 이내 입을 열었다.

"좋아. 일단 부하로는 받아 주겠지만 두고 보겠다. 부디 날 실망시키지 마라."

아이리스와 로디아는 비로소 안도의 표정을 지었다. 그녀들은 다시 정중히 로이스에게 예를 취했다.

"예, 로드."

"로드께 실망을 끼치지 않겠어요."

그러자 로이스가 옆에서 지켜보고 있던 퓨리에게 말했다.

"퓨리, 아이리스와 로디아의 마나 봉인을 풀어 줘."

"예, 로이스 님."

퓨리는 이 상황이 기쁜지 표정이 밝았다. 곧바로 그녀는 아이리스와 로디아의 왼쪽 손목에 장착된 미스토스 봉인

팔찌를 제거했다.

츠읏! 츠으읏!

그 순간 아이리스와 로디아는 깜짝 놀랐다.

그녀들은 로이스가 이렇게 빨리 그녀들의 마나 봉인을 풀어 줄지는 예상 못했던 것이다.

"뭘 그리 놀라는 거지? 너희들은 이제 포로가 아니라 내 부하다. 더 이상 마나를 봉인하지 않을 테니 염려 마."

"그렇군요."

"로드의 배려 감사합니다."

아이리스와 로디아의 안색이 밝아졌다. 그러나 이어지는 로이스의 말에 그녀들의 표정은 금세 침울하게 변하고 말았다.

"미리 말해 두지만 너희들과 저기 있는 둘은 별개다. 풀어 달라고 해 봤자 소용없으니 쓸데없는 소리는 하지 않는 게 좋을 거야."

로이스의 손가락은 라테르 황자와 세리나를 가리키고 있었다. 아이리스는 그래도 할 말은 해야 했다.

"어쩔 수 없다는 건 이해해요. 그래도 식사는 거르지 않게 해 주세요. 포로를 굶기면 모두가 로드를 우습게 볼 거예요."

"제발 부탁이에요, 로드! 들어주실 거죠?"

로디아까지 가세해 부탁을 했다. 심지어 라크아쓰도 은근슬쩍 그녀들의 의견에 힘을 보탰다.

"케케케! 죽일 때 죽이더라도 먹일 건 먹여야 합니다."

로이스는 귀찮다는 듯 손을 흔들었다.

"알았으니 그만들 해. 이제부터 포로들에 대한 관리는 아이리스 네게 맡기겠다. 단, 그들을 풀어 주는 것은 안 돼."

"아, 고마워요, 로드!"

아이리스는 뛸 듯이 기뻐했다. 로디아도 이게 꿈인가 싶었다.

그 냉랭하기 그지없던 로이스가 자신들의 말을 못 이긴 척 들어줄 줄이야.

역시 라크아쓰가 말한 대로였다. 로이스는 부하들의 부탁을 외면하지 않았던 것이다.

물론 그것도 한계는 있다. 아무리 부하라 해도 일정한 선을 넘는다면 로이스의 분노를 받는 걸 면치 못할 것이다. 아이리스와 로디아도 그 정도 눈치는 있었다.

*　　*　　*

콰르르릉! 쿠콰콰쾅!

쏴아! 쏴아아아—

여전히 계속되는 폭풍과 폭우.

간혹 토네이도가 나타나 지나가기도 했다.

대체 언제쯤 이 살벌한 이상 기후들이 진정되고 이동이 가능한 상태가 될지 의문이었다.

그래도 로이스의 요새에는 비교적 활기가 돌았다.

우선 로이스에 의해 포로들의 간수장(?)으로 임명된 아이리스가 그녀의 오빠인 라테르와 기사 세리나에 대한 처우를 최상으로 해 주었다.

덕분에 라테르와 세리나는 거미줄에 묶여 있는 신세에서 벗어났을 뿐 아니라 땅의 정령 아리스가 만들어 준 훌륭한 처소에서 지낼 수 있었다.

매 끼니마다 신선한 생선 구이와 야채 등을 곁들인 식사를 할 수 있었으며, 로이스의 수련에 방해되지 않는 선에서 요새 내부의 공터를 돌며 산책을 하는 것도 가능했다.

말 그대로 살 만해진 것이다. 동생 잘 둔 덕분에 앙상했던 라테르의 얼굴은 다시 기름기가 반들반들할 정도로 좋아졌다.

"아이리스, 네 덕분에 요즘 편하긴 하다만 여러모로 미안하구나. 못난 오빠로 인해 그 무뢰한의 부하가 되다니. 내가 어떻게든 힘을 되찾으면 널 구해 보마."

라테르의 말에 아이리스가 펄쩍 뛰었다.

"그런 생각은 입 밖에도 꺼내지 말아요. 조만간 폭풍이 그치면 아시엘 공주가 있는 아스피스 성으로 간다고 했어요. 오라버니에 대한 처분은 아시엘 공주의 의지에 달려 있어요. 그녀를 만나게 되면 잘 설득해 보세요."

"염려 마라. 아시엘 공주도 날 보면 반가워할 것이다."

그러자 아이리스는 어처구니없다는 표정으로 라테르를 쳐다봤다.

"하! 오라버니는 아직도 착각에 빠져 계시군요. 아시엘 공주는 오라버니에 대한 마음이 눈곱만큼도 없을걸요. 아무튼 그녀는 로이스 님을 고용한 용자이니 그녀와 얘기가 잘 되면 오라버니는 물론 제국도 무사할 수 있어요."

"알았으니 내게 맡겨라. 어서 폭풍이 그치고 아시엘 공주가 있는 곳으로 갔으면 좋겠구나."

라테르는 들떠 있었다. 그는 아시엘도 은근히 자신을 사모하고 있을 것이란 착각에 빠져 있는 게 분명했다. 아이리스가 아무리 그럴 리 없다 말해도 소용없었다.

그사이 로디아는 라크아쓰와 함께 뭔가를 작업 중이었다.

라크아쓰는 부하 네이더들을 시켜 옷과 침낭을 만드는 재료를 꾸준히 수집했고, 틈나는 대로 그것들을 먹어 줄을 만들고, 천을 엮었다.

처음 그 장면을 목격한 로디아는 너무 놀라 충격에 빠졌지만, 지금은 라크아쓰가 만든 옷에 그녀가 직접 마법 주문을 걸기 위해 바로 주변에서 대기 중이었다. 그렇게 하면 조금이라도 로이스에게 도움이 될까 싶어서였다.

Chapter 11
지독한 수련광

"다 만든 옷은 이쪽으로 보내요, 라크아쓰 경."

"예, 로디아 님. 여기 있습니다."

라크아쓰가 만든 옷은 이제 단순히 외양만 멋진 것이 아니었다. 로디아 덕분에 각종 대마법 방어 주문이 잔뜩 부여되어 어지간한 마법쯤은 그냥 튕겨 버리는 최상급 마법 방어구가 되었다.

그뿐이 아니다.

강력한 물리 공격까지 방어할 수 있는 그레이트 실드의 주문만 무려 7개!

소드 마스터의 오러 블레이드에 정통으로 맞아도 쉽사리

찢어지지 않는 전천후 방어력을 갖춘 옷이었다.

"호호! 드디어 한 벌 완성!"

"오오! 로드께서 기뻐하실 겁니다."

"정말 기뻐하실까요?"

"물론이죠! 두고 보세요. 케케케!"

라크아쓰는 마법사 로디아와 함께 작업을 하는 것에 신이 나 있었다. 그는 문득 생각났는지 로디아를 향해 말했다.

"오늘 작업은 끝났습니다요. 시간도 남으니 로디아 님께는 멋진 드레스를 한 벌 만들어 드리죠."

"드레스도 만들 수 있어요?"

"케켓! 제가 모르는 종류의 옷은 거의 없다고 보면 됩니다."

라크아쓰는 그 말을 하는 도중에도 슥삭슥삭 천을 엮어 뭔가를 만들어 냈다.

놀랍게도 로디아의 체형에 매우 잘 어울리는 백색의 매끈한 로브 드레스였다.

"와! 멋지군요. 잘 입을게요."

로디아는 크게 기뻐했다. 로브로서의 외형만 갖췄을 뿐 기능은 전혀 없지만, 어차피 그러한 기능은 그녀가 마법 주문을 통해 부여하면 되는 터라 상관없었다.

그때 퓨리가 로디아를 찾아왔다. 그녀는 매우 기분이 좋은 듯 환한 미소를 짓고 있었다.

"로디아 님, 당신이 마법진을 설치해 둔 덕분에 결계의 미스토스 소모량이 크게 줄었어요."

"도움이 되어 다행이군요."

로디아는 퓨리와도 친해진 터였다. 본래 퓨리를 비롯한 정령들은 아이리스와 로디아가 로이스의 부하가 되기 전에는 와서 아는 척도 하지 않았다.

그러나 아이리스와 로디아가 로이스의 정식 부하가 된 순간부터는 모든 경계심을 풀고 친구처럼 다가와 말도 건네는 것이었다.

특히 마법사인 로디아는 정령들을 도와 요새를 더 강하게 만드는 데 도움을 줄 수 있었다.

각종 결계에 대한 다양한 마법 지식을 가진 로디아는 요새를 빙 둘러 방어 마법진을 펼쳤고, 타워 등의 정찰 기능도 강화시켰다.

덕분에 미스토스 결계를 관리하고 있는 퓨리로서도 로디아의 합류는 매우 든든한 모양이었다.

* * *

한편 스텔라는 상대적으로 가장 불쌍한 신세로 전락하고 말았다.

아이리스가 포로들의 관리를 맡게 되며 스텔라 역시 그녀의 손속 아래 놓이게 되었기 때문이다.

아이리스의 입장에서 스텔라는 원수와도 같은 존재였다.

다른 모든 것을 떠나 나칸의 하수인이라는 것 하나만으로도 그녀는 죽어 마땅했다.

따라서 당연히 스텔라는 이전과 달리 편안한 포로 생활을 할 수 없었다. 식사도 그녀 따로 해야 했으며, 배당량도 최소한 굶어 죽지 않을 정도. 또한 건물 밖으로의 산책도 금지되었다.

라크아쓰를 비롯한 네이더들이 철통같이 감시하고 있어 몰래 나간다는 것은 꿈도 꾸지 못했다.

'아이리스 황녀가 날 못 잡아먹어 안달이니 죽을 지경이야.'

한때는 그래도 아이리스 일행보다 그녀가 훨씬 나은 대우를 받을 때도 있었는데, 지금은 하루하루가 살얼음판이었다.

'하긴 내가 그녀였어도 똑같이 했겠지.'

자신을 암살하려 했던 이를 좋게 볼 사람은 세상 어디에도 없을 것이다.

이대로라면 앞으로 아이리스는 어떤 식으로든 스텔라를 제거하려 할 것이 분명했다. 그리고 지금의 스텔라로서는 그런 아이리스에게 대항할 수 있는 그 어떤 능력도 없었다.

'쳇. 나도 콱 로이스의 부하가 되어 버릴까 보다.'

로이스가 그것을 원한다는 것을 스텔라도 은연중 알고 있었다. 그렇지 않았다면 로이스가 진작 그녀를 죽여 없앴을 테니까.

즉, 로이스는 지금 스텔라에게 선택의 기회를 주고 있었다.

그러나 그 기회가 언제까지 계속될지 알 수 없는 일. 로이스의 인내심이 한계에 달하면 그날이 바로 스텔라가 죽임을 당하는 날이 될 것이었다.

'나도 어떻게 해야 할지 모르겠어.'

솔직히 로이스의 부하가 되면 모든 것이 해결된다.

그렇게 되면 스텔라 역시 아이리스와 동등한 위치가 되어 더 이상 핍박을 받지 않아도 될 테니까.

마나도 다시 쓸 수 있게 될 것이니 그 누가 그녀를 무시할 수 있겠는가.

그러나 스텔라는 차라리 죽으면 죽었지 로이스의 부하가 될 수는 없었다.

'난 나칸 님을 배신하지 않아.'

나칸이 불세출의 영웅이든 대역무도한 악당이든 스텔라에게는 아버지와 같은 존재다. 남들이 뭐라 해도 그녀에게는 세상에서 가장 소중한 존재인 것이다.

'흥! 날 죽이든 살리든 마음대로 해라, 아이리스. 하지만 이런 건 너무 유치하잖아.'

오른쪽 주먹을 꽉 쥔 스텔라. 그녀의 왼손에는 손가락만 한 크기의 생선 토막. 그것도 꼬리 부분이 쥐어져 있었다.

한 입만 먹으면 없어질 만큼 작은 부위였다.

'정말 더럽고 치사해. 명색이 황녀라는 자가 먹을 것 가지고 이러기야?'

그래도 이거라도 먹지 않으면 배가 고파 잠이 들기도 쉽지 않을 것이다. 스텔라는 침울한 표정으로 생선 토막을 입에 가져갔다.

'꼴이 말이 아니군, 스텔라.'

그때 아이리스는 스텔라의 동태를 예의 주시 중이었다.

물론 그녀는 여전히 스텔라에 대한 감정이 좋지 않았다. 마음 같아서는 스텔라를 제거하고 싶은 심정은 여전했다.

그러나 로이스에게 받은 임무가 있어 그녀는 그와 같은 감정을 뒤로할 수밖에 없었다.

이틀 전 아침. 로이스는 아이리스를 따로 불러 지시를 내렸다.

"아이리스! 스텔라를 설득해 내 부하로 만들어 봐. 그럼 네가 정말로 뛰어난 병법가이자 전략가라는 사실을 믿어 주지."

그와 같은 엉뚱한 임무를 받은 아이리스였다.

그리고 그것은 사실상 로이스가 아이리스의 능력을 시험하는 것이기도 했다. 따라서 아이리스로서는 반드시 완수해야 할 임무였다. 그렇지 않으면 로이스가 무척 실망할 테니까.

그런데 아이리스에게는 그 임무가 그리 어려운 일이 아니었다. 그녀는 이미 로이스에게 임무를 받자마자 어떤 식으로 스텔라를 설득할지도 생각해 두었다.

'일단 첫 번째 작전은 그럭저럭 됐고.'

아이리스는 묘한 미소를 흘렸다. 사실 그녀가 스텔라를 비참할 정도로 몰아붙이는 것은 그것을 통해 스텔라가 홧김에라도 로이스의 부하가 되기를 자청하도록 하기 위함이었다.

그러나 사실 죽음의 어새신이라 불리는 전설적인 암살자인 스텔라가 고작 그 정도로 간단하게 마음을 돌리지 않을 것은 당연했다.

아이리스의 목적은 스텔라가 조금이라도 비통한 심정을 갖게 만드는 데 있었다. 그것은 충분히 성공적이었다.

'그럼 두 번째 작전에 돌입해 볼까?'

곧바로 아이리스는 문을 열고 스텔라의 방으로 들어갔다. 순간 막 한 조각의 생선 토막을 씹어 삼키던 스텔라가 흠칫 놀랐다.

"아무리 내가 포로라도 노크도 없이 들어오는 건 너무한 것 아닌가요, 아이리스 황녀 마마?"

"흥! 그래도 네가 날 황녀라 부르기는 하는구나."

아이리스는 팔짱을 끼고 오연히 스텔라를 노려봤다. 스텔라는 어깨를 으쓱했다.

"지난번에도 말했듯이 난 황녀 마마에 대한 악감정은 없어요. 그저 나칸 님의 지시에 따랐을 뿐."

"지금이라도 기회가 되면 날 죽이려 하겠지?"

"부인하지 않겠어요."

스텔라는 솔직하게 대답했다. 혹시라도 거짓말로 아니라고 말하면 생선 토막 하나라도 더 먹게 될지는 모른다. 그러나 차라리 굶고 말지 그런 짓은 할 수 없었다.

아이리스가 냉소했다.

"정말 대단한 충성이구나, 스텔라. 나칸이 네게 그런 정도로 대단한 존재이냐?"

스텔라 역시 차갑게 웃었다.

"그만 나가 주시죠, 마마."

"아니, 할 말은 하고 나갈 것이다. 지금으로부터 대략 18년 전 사르곤 제국을 비롯해 라키아 대륙 전역에서 벌어진 아주 끔찍한 참사가 하나 있었다."

"……?"

스텔라는 무슨 말을 하느냐는 듯 시큰둥한 표정이었다. 그런 그녀의 표정을 무시한 채 아이리스는 말을 이었다.

"수천 명의 아이가 실종된 사건이야. 대부분 갓난아이들이었는데, 그들의 부모들은 모두 죽고 아이들은 사라졌어. 그런데 그 사건을 일으킨 이들이 누군지 결국 밝혀내지 못했지. 심지어 사르곤 제국에서도 말이야."

"대체 그게 어쨌다는 건가요? 난 관심 없으니 그만 나가 주시죠, 마마."

스텔라는 잔뜩 화가 난 기색이었다. 아이리스는 그녀를 노려봤다.

"나의 말을 자르지 말고 끝까지 듣도록 해라, 스텔라. 바로 그대와도 관련 있는 사건이니까."

"나와 관련 있다니! 그 무슨 말도 안 되는?"

"공식적으로는 그때의 일은 미제 사건으로 묻혔어. 그러나 사르곤 제국의 황궁에서는 결국 그 일의 배후에 대마법사 나칸이 있음을 알아냈지. 물론 그 일은 드러나지 않았다. 슬픈 일이지만 황궁에서도 그냥 비밀에 붙이기로 했으니까."

"말도 안 돼! 나칸 님이 그럴 리가!"

"정말 그럴 리 없다 생각하느냐? 네가 아는 나칸이라면 충분히 그런 일을 벌이고도 남는 자일 텐데 말이야."

"……."

스텔라는 부인하지 못했다. 자신에게 거치적거리면 어지간한 왕국이라 해도 멸망시켜 버리는 것이 나칸이기 때문이다. 하물며 수천 명의 아이를 납치하고 그들의 부모를 죽이는 것쯤은 더욱 간단한 일일 것이다.

'가만 혹시?'

그러던 스텔라의 안색이 급변했다.

'18년 전! 수천 명의 아이가 납치됐다면?'

순간 스텔라의 머리에 잊고 싶은 기억들이 떠올랐다.

암흑과 같은 공간. 수많은 독충들이 우글대는 끔찍한 공간에서 수천 명의 아이들이 생존을 위해 고투를 벌였다.

얼굴을 가린 복면인들이 그들을 가르쳤고, 아이들은 그들의 지시에 따라야 했다.

기준에 미달되면 죽임을 당했고, 살아남으면 더 끔찍한

훈련을 받았다.

스텔라는 그중 하나였다.

시간이 흘러 아이들이 소년 소녀로 성장했을 땐 숫자가 수백 명으로 줄어 있었다. 스텔라는 그들 중 가장 강한 실력을 가지고 있었다.

바로 그때 나칸이 그녀를 불렀다.

> "허허허! 아주 잘 자라 주었구나, 스텔라. 어렸을 적 길가에 버려졌던 너를 내가 주워 돌봤지. 너를 강하게 만들기 위해 수련의 장에 보냈지만, 난 매일 너를 걱정하고 있었단다. 너는 내 딸과 같은 아이니 이제부터는 네가 원하는 건 뭐든 해 주마……."

당시 나칸의 미소는 매우 따스했다. 마치 하늘에서 내려온 천사와 같은 미소였다. 스텔라는 나칸을 아버지처럼 생각했고, 그때부터 나칸이 시키는 일이라면 뭐든 했다. 죽음의 어새신 스텔라는 그렇게 탄생한 것이었다.

아이리스가 씁쓸한 표정으로 말했다.

"그대에게는 무척 안된 일이지지만 나는 당시 실종된 수천 명의 아이들 중에 그대 역시 포함되어 있었다고 확신해. 따라서 그대는 그대의 부모를 죽인 원수를 위해 의리와 충성을 바치고 있는 것이지."

"아니야. 그럴 리 없어."

스텔라의 안색이 하얗게 질렸다. 그녀의 양손이 덜덜 떨리기 시작했다.

"그대가 믿건 안 믿건 사실은 변하지 않을 것이다, 스텔라. 내가 하고 싶은 말은 여기까지야."

그 말을 끝으로 아이리스는 밖으로 나왔다.

'내가 잘하는 일인지 모르겠구나.'

아이리스는 나직이 한숨을 내쉬었다.

사실 그녀가 스텔라에게 했던 말 중에 진실은 절반뿐이다.

18년 전 수천 명의 갓난아기들이 실종되었고, 그들의 부모들이 정체불명의 존재들에게 무참히 죽임을 당했지만 그 사건을 일으킨 이들이 누군지 밝혀내지 못했다는 것!

이것은 그녀가 황궁 도서관의 기밀문서들이 있던 비각에서 관련 기록을 본 적 있기에 틀림없는 사실이었다.

그러나 그 사건의 배후에 나칸이 있었다는 얘기는 그냥 그녀가 꾸며 낸 말이었다.

엄밀히 말하면 꾸며 냈다기보다 심증으로 확신하고 있는 부분이었다.

'나칸이 틀림없어. 그자가 아니라면 황궁의 눈까지 속이고 그런 짓을 벌일 만한 존재는 없을 테니까.'

게다가 설령 누군가 나칸이 그 사건과 관련되어 있다는 걸 알았다 해도 그는 그 사실을 절대 발설하지 않았을 것이다. 그것은 곧 나칸의 적이 된다는 것을 의미하기 때문이다.

황제의 전폭적인 비호 아래서 사실상 일인지하 만인지상의 권력을 떨치고 있는 나칸의 적이 되길 원하는 이들은 아무도 없었다.

물론 이 또한 모두 아이리스의 추측이었다.

그런 추측을 토대로 사실과 엮어 스텔라가 가진 나칸에 대한 믿음을 뒤흔드는 데 성공했다.

'내 추측이 사실이건 아니건 이제 어쩔 수 없어. 스텔라가 그의 부하가 되려면 나칸에 대한 맹종에서 벗어나야 해.'

그렇지 않는다면 스텔라는 결국 로이스에게 죽임을 당하고 말 것이다.

'그는 한다면 하는 자야.'

그것이 지난 며칠 동안 아이리스가 파악한 로이스의 성격이었다.

때론 순진할 정도로 단순해 보일 때도 있지만, 그것은 그저 그의 일면에 불과할 뿐이다.

사악한 마족과 싸울 때 그의 눈빛은 마왕보다 더 섬뜩하고 무서웠으니까.

따라서 스텔라를 싫어하는 아이리스로서는 차라리 이참에 그녀가 로이스에게 제거되었으면 하는 바람도 없지 않았다.

그러나 이번 임무는 로이스가 그녀를 시험하는 것인 만큼 반드시 완수해야 했다.

'그가 날 믿어 줘야 해. 그래야 제국의 피해를 최소화하며 나칸도 제거할 수 있어. 부황은 물론이고 큰오라버니도 무사하려면 내가 그의 철저한 심복이 되지 않으면 안 돼.'

아이리스의 두 눈이 결연히 빛났다. 지금 그녀에게 있어 세상에서 가장 두려운 존재는 로이스였다.

조만간 10만 대군이 아시엘의 성으로 몰려올 것은 기정사실.

그때 로이스가 그들을 몰살시키고 제국으로 돌진한다면 누가 그것을 막을 것인가?

아이리스는 그때까지 자신이 로이스의 신임을 얻어 어떻게든 그의 마음을 진정시킬 수 있기를 바랐다. 설령 불가능한 일일지라도 지금으로선 다른 방법이 없었다.

그러다 아이리스는 요새의 수련장에서 홀로 차크람 수련

을 하고 있는 로이스를 쳐다봤다.

'잠시도 수련을 쉬지 않아.'

로이스는 먹고 마시고 잘 때 외에는 거의 수련에만 몰두했다.

지독한 수련광!

그것이 아이리스가 본 로이스의 모습이었다.

'저자는 수련을 즐기고 있어. 아니 수련에 미쳐 있어.'

그렇지 않아도 강한 로이스다. 그런데도 저토록 수련을 하니 누가 그를 당해 낼 수 있겠는가.

* * *

좌좌좌좌! 슈슈슈슈! 파파파팟—

며칠 사이 로이스는 차크람 전술을 7단계까지 올리는 데 성공했다.

무려 36개의 차크람을 움직이는 것이다 보니 한 손 검 전술보다 진전이 훨씬 더뎠다.

이제는 하루 한 단계 간신히 오르는 수준이랄까?

물론 7단계만 해도 대단하긴 했다. 차크람들이 손목에서 나가면 적을 7번씩 공격한 후에야 돌아오기 때문이다.

36개의 차크람들이 각각 7번씩 적을 공격한다면?

적은 무려 252번의 공격을 막아 내야 한다는 소리다.

그뿐이 아니었다. 그사이 로이스는 할버드를 휘두르며 적을 공격한다.

그 덕분에 '할버드 × 차크람 전술' 도 생겨난 터였다.

차크람을 집어던진 후 그사이 할버드로 적을 몰아붙이는 매우 위력적인 전술이지만, 그만큼 단계가 쉽게 상승하지 않았다.

현재는 1단계만 간신히 익혀 둔 상태였다.

'기왕이면 검과 차크람 전술도 생기면 좋을 거야.'

검술로 절호의 일격을 펼치며 적에게 차크람으로 기습을 날린다면? 동시에 할버드의 스톰 크러시도 날릴 수 있다면?

'그럼 매우 대단하겠군.'

로이스는 신이 나 있었다. 그때 스텔라가 거처의 문을 열고 로이스를 향해 크게 외쳤다.

"로이스!"

순간 로이스가 고개를 돌려 스텔라를 쳐다봤다.

"뭐냐? 수련 중이니까 빨리 말해."

"너의 부하가 되겠다."

"……!"

로이스는 뜻밖이라는 듯 잠시 멍한 표정을 지었다.

'뭐야? 벌써?'

아이리스의 머리가 워낙 좋다고 하니 혹시나 싶어서 한 번 시켜 봤는데 불과 이틀 만에 스텔라가 스스로 찾아왔다. 부하가 되게 해 달라고 말이다.

"마음이 변한 이유는 뭐지?"

"그냥."

"그냥? 아무 이유도 없이 그냥이라는 거야?"

"설명하기 복잡해. 그냥 날 부하로 받아 줘."

스텔라는 무표정한 얼굴이었다. 마치 감정이 없는 사람처럼 보였다.

로이스는 그녀를 노려봤다.

"글쎄! 내가 널 어떻게 믿지? 네가 나칸을 배신하듯 나를 또 배신하지 않는다는 보장이 없잖아."

"……!"

스텔라는 잠시 침묵했다. 그러더니 로이스를 똑바로 쳐다보며 말했다.

"날 믿지 못한다면 지금 이 자리에서 날 죽여."

"그런 말은 아무 의미 없어. 내가 널 믿게 만들어 봐."

"나칸! 그는 날 속였어. 그렇지 않았다면 난 그를 배신하지 않았을 거야. 로이스 너 또한 날 배신하지 않는다면 내가 널 배신할 일은 없어."

“그거 마음에 드는 대답이네.”

로이스가 미소를 지었다. 그 또한 아시엘에게 비슷한 말을 한 적이 있었기 때문이다. 그것은 아시엘뿐 아니다. 로이스는 자신의 부하들에게도 그와 같은 생각을 하고 있었다.

“나 또한 네가 날 배신하지 않는 한 널 버릴 일은 없어. 이제부터 널 내 부하로 생각하겠다, 스텔라.”

스텔라는 고개를 숙이더니 그대로 한쪽 무릎을 꿇었다.

“충성을 바칠게.”

충성을 맹세했지만 반말은 그대로였다. 로이스는 별다른 말을 하지 않았으나 이에 발끈한 건 아이리스였다. 그녀는 추상같이 스텔라를 노려보며 외쳤다.

“로드께 충성을 바치겠다는 부하의 태도로서는 매우 불손하구나! 그대의 충심이 진심이라면 그만한 예의를 갖추라, 스텔라!”

그러자 스텔라는 어쩔 수 없다는 듯 고개를 끄덕였다.

“습관이 되었나 봐요. 저의 무례를 용서해 주세요, 로드. 이제부터 당신께 충성을 바치겠어요.”

“좋아. 두고 보겠다.”

로이스는 미소 지었다. 그러자 스텔라가 로이스를 쳐다보며 다시 말했다.

"대신 한 가지 조건이…… 아니, 부탁이 있어요, 로드."

"뭔데? 말해 봐."

"로드께서 사르곤 제국을 멸망시킬 때 나칸의 목숨은 제게 맡겨 주세요."

"설마 그를 살려 주고 싶은 거야?"

"반대예요. 그의 목숨은 꼭 제 손으로 거두고 싶어요. 부디 허락해 주세요."

그 말을 하는 스텔라의 눈빛은 착 가라앉아 있었는데, 그야말로 섬뜩할 정도로 차가웠다.

그러자 로이스는 생각해 볼 것도 없다는 듯 고개를 끄덕였다.

"좋아. 허락하겠다."

"로드의 배려 잊지 않겠어요."

고개 숙인 스텔라의 두 눈에서 섬뜩한 광망이 번뜩였다.

'나칸! 당신을 절대 용서하지 않겠다.'

그녀는 아이리스의 말을 모두 믿을 수는 없었지만, 그중 어느 것도 사실이 아니라고 부인하는 것 역시 힘들었다. 그녀가 아는 나칸이라면 그런 일을 아무런 양심의 가책도 없이 벌이고도 남을 자이니까.

목적을 위해서는 수단과 방법을 가리지 않는 존재!

수십 년을 따르며 충성을 바친 부하라도 이용 가치가 없으면 한순간에 제거해 버리는 피도 눈물도 없는 냉혈한!

그런데도 그동안 스텔라는 나칸이 그녀에게는 특별히 대해 준다고 생각해 왔다.

그러나 지금 생각해 보니 그녀 역시 이용 가치가 있었기에 그리 대해 준 것이 분명했다.

'내 부모님을 죽인 원수! 그런데도 날 딸처럼 생각한다고? 널 절대 용서 못 한다, 나칸!'

모든 정황을 두고 생각해 봐도 그녀는 철저히 나칸에 의해 이용당해 온 것이었다. 부모를 죽인 원수의 명령을 따르며 그를 위해 수많은 무고한 사람들의 목숨을 거두었던 그녀였다.

그러다 어느 순간 이용 가치가 떨어지면 나칸에 의해 야멸차게 버려질 운명이었으리라.

따라서 스텔라는 그 무슨 일이 있어도 나칸만은 반드시 죽이고 싶었다.

바로 그 이유 때문에 로이스의 부하가 된 것이었다.

마나를 되찾지 않으면 불가능한 일이기 때문이다.

이후에 과연 로이스에게 진실한 충성을 바칠 수 있을지는 그녀도 알 수 없었다.

그때 로이스가 말했다.

"퓨리, 스텔라의 마나 봉인을 풀어 줘."

"예, 로이스 님."

곧바로 스텔라의 왼쪽 손목에 있던 봉인의 팔찌가 사라졌다.

그 순간 스텔라의 얼굴에 생기가 돌았고 그녀의 두 눈에서 강렬한 빛이 쏘아져 나왔다.

"로드의 배려에 감사해요. 허락하시면 지금 즉시 가서 나칸의 목을 가져오겠어요."

"아니. 그건 안 돼."

로이스는 고개를 흔들었다. 스텔라가 무엇 때문이냐는 듯 의문이 가득한 표정을 지었다. 로이스는 단호히 말했다.

"널 못 믿겠다는 게 아니라 왠지 나는 나칸 그놈이 결코 만만한 녀석 같지 않아서 말이야. 그러니 나칸은 나중에 내가 보는 앞에서 죽여라. 그때까지 조용히 대기해."

"……."

스텔라는 설마 로이스가 이렇게 말할 줄은 몰랐기에 살짝 인상을 구겼지만 이내 어쩔 수 없다는 듯 고개를 끄덕였다.

"알았어요. 로드의 뜻에 따르죠."

이제는 로이스의 뜻을 거스를 수 없음을 그녀는 잘 알고 있었다. 나칸을 죽이는 건 뒤로 미뤄야 했다.

그러자 아이리스가 눈을 빛내며 말했다.

"로드의 생각이 현명해요. 나칸은 의심이 많은 자라 스텔라의 배신도 충분히 염두에 두었을 거예요. 혼자 가면 분명 낭패를 당하게 되겠죠. 어쩌면 함정을 파 놓고 있을 수도 있어요."

어느새 곁으로 온 마법사 로디아도 아이리스의 말에 동조했다.

"마마의 말씀이 맞아요. 나칸은 추후 그의 세력을 일망타진한 후 제거해도 늦지 않아요. 지금은 그보다 어떤 식으로 나칸을 상대할지 계책을 세워 두는 게 우선이 아닐까요?"

그러자 아이리스가 로이스를 쳐다봤다.

"그렇지 않아도 그 때문에 로드께 상의드리고 싶었어요. 제가 세운 계책을 말씀드려도 될까요?"

"계책이라고?"

"네, 로드."

아이리스는 다소 긴장된 표정이었다. 그녀는 며칠 사이 많은 고민을 했다. 그리고 나름의 계책도 세워 두었다. 물론 그 모든 계책의 성패는 로이스에게 달려 있었다.

다시 말해 로이스의 허락이 없으면 그 계책은 무용지물이나 마찬가지였다. 그것이 바로 그녀가 긴장하는 이유였다.

순간 로이스가 할버드를 수련장의 바닥에 쿵 꽂았다.

"아무래도 수련은 조금 있다가 해야겠군."

그는 식탁으로 걸어가 물병의 물을 벌컥벌컥 마신 후 아이리스를 쳐다봤다.

"이제 말해 봐. 네가 세운 계책이 뭔지."

Chapter 12
아이리스의 계책

"일단은 용자와 사르곤 제국 간의 동맹 협정을 맺는 것이에요."

"동맹 협정이라고?"

로이스는 시큰둥한 표정이었다. 그러나 어디 한번 더 얘기해 보라는 듯 아이리스를 계속 쳐다봤다.

이것이 바로 아이리스가 로이스의 부하가 되자 달라진 대우였다.

만일 포로 신세였을 때 이 같은 말을 꺼냈다간 뼈도 못 추렸을 것이다.

"사르곤 제국에 대한 로드의 분노는 저도 잘 알고 있어요. 또한 그것이 타당하다는 것도 인정하고요. 하지만 전쟁을 하게 되면 무고한 백성들에게 큰 피해를 미치게 돼요."

"무고한 백성?"

"일반 백성들도 있지만 병사들도 백성들이죠. 그들은 그저 명령을 받는 대로 따르는 것일 뿐 아무 죄도 없어요. 전쟁이 벌어지면 그들이 얼마나 많이 죽을지 몰라요. 그들의 가족은 평생을 눈물로 지내게 되겠죠."

"일리 있는 말이군. 그래서 대책이 뭐지?"

"나칸을 제거하되 무고한 희생을 최소한으로 줄이기 위해서는 일단 전쟁부터 막아야 해요. 그래서 동맹 협정이 필요해요."

"그건 그렇다 치고 그 후에는?"

일단 협정을 했다 치고. 그 후에 나칸을 어떻게 제거할 계획인지를 묻는 것이다.

"그때부터는 용자의 존재가 허구가 아니라는 사실을 사르곤 제국은 물론 라키아 대륙 모든 왕국들에게 알릴 수 있게 돼요. 그 일은 제가 직접 용자의 사신이 되어 제국은 물론 모든 왕국들을 설득할 거예요."

"나칸이 가만히 보고 있을지 모르겠군."

순간 아이리스가 빙긋 미소를 지었다.

"어떤 식으로든 저를 제거하려 하겠죠. 하지만 그의 모든 시도는 실패로 돌아갈 거예요. 로드께서 제 곁에 계시는 한 말이죠."

"계속해 봐."

"그리고 그땐 그를 공격할 명분을 얻을 수 있어요. 나칸이 먼저 빌미를 제공했으니 그 또한 할 말이 없게 되죠."

결국 사르곤 제국과 용자의 전쟁이 아니라, 로이스와 나칸의 전쟁으로 모든 일이 해결될 것임을 의미했다.

무고한 제국의 병사들이나 백성들은 희생되지 않고, 나칸의 하수인들만 제거될 것이며, 이후로 용자와 사르곤 제국은 영원한 동반자 관계로 평화를 유지하자는 뜻.

"여기까지가 제가 생각해 본 계책이에요. 로드께서는 어찌 생각하시나요?"

"뭐 그럴듯하다고는 생각해. 내 방식하고는 안 맞지만 말이야."

로이스가 비교적 긍정적으로 생각하는 것 같아 아이리스의 안색이 환해졌다.

"무고한 희생을 최대한 줄이는 길이에요, 로드. 부디 절 믿어 주세요."

"하지만 넌 한 가지 빠뜨린 게 있어, 아이리스."

"빠뜨리다니, 그게 뭐죠?"

"이 모든 일의 배후에 나칸이 있다 쳐도, 아시엘의 왕국을 멸망시킨 것은 분명 사르곤 제국이다. 너의 부친인 황제의 뜻이라는 것이지. 그런데 그 일에 대해 그 어떤 추궁도 하지 말라는 건가?"

"일전에도 말씀드렸지만 부황께서는 나칸에게 속고 있어요."

"넌 아직도 내 말뜻을 모르는군. 그가 설령 나칸에게 속았다 해도 책임이 사라지는 것은 아니야. 따라서 난 황제가 그 일에 대한 모든 잘못을 인정하고 아시엘에게 사과를 해야 한다고 생각한다. 당연히 그에 마땅한 보상도 해야겠지."

"지당하신 말씀이에요, 로드. 제가 부황을 설득해 반드시 그리되게 하겠어요."

그러자 로이스가 미소를 지었다.

"만약 그렇게 한다면 난 사르곤 제국의 일에는 더 이상 간섭하지 않겠다."

"아아, 고마워요, 로드!"

아이리스뿐만 아니라 로디아의 안색도 환해졌다. 뿐만 아니라 근처에서 산책을 하는 척하며 그들의 대화에 귀를 기울이고 있던 라테르 황자와 세리나 역시 이게 꿈인가 싶었다.

지금 이대로만 되면 사르곤 제국은 멸망은커녕 오히려

용자라는 든든한 동맹을 얻게 된다.

그뿐인가? 사악한 나칸의 세력도 제거되는 터라 사르곤 제국은 이후로 평화와 번영이 지속될 것이다. 라테르가 간절히 원하는 것이 바로 그것이었다.

그러나 이어지는 로이스의 말은 모두를 긴장시키고 말았다.

"단, 모든 건 방금 말한 것이 제대로 이루어졌을 때야. 그렇지 않는다면 난 내 방식대로 처리할 것이다."

"염려 마세요, 로드. 절대 로드께서 분노하실 일은 벌어지지 않을 거예요."

아이리스는 자신 있게 말했다.

그때 옆에서 서 있던 스텔라가 아이리스를 향해 질문했다.

"그런데 대체 어떻게 용자와 제국의 동맹 협정을 성사시키겠다는 것이죠? 제국에서는 지금 용자를 공격하기 위해 원정군을 꾸리고 있는 상황이에요."

설령 용자가 원한다 해도 제국에서 동맹을 원치 않을 것이다. 동맹이 이루어지지 않으면 아이리스의 모든 계책은 전면 수정이 불가피했다.

그러자 로이스 또한 스텔라의 말이 맞다는 듯 고개를 끄덕이고는 아이리스를 쳐다봤다.

"그에 대한 계책은 있는 거야?"

"네, 로드. 이번 원정군의 총사령관은 황태자 전하세요. 그분은 저의 큰오라버니시죠. 제가 직접 담판을 짓는다면 간단한 일이에요. 그분 또한 무고한 백성의 희생을 원하실 분이 아니거든요. 나칸을 제거하는 것에도 분명 찬성하실 거예요."

순간 멀리 있던 라테르가 달려와 말했다.

"아이리스의 말이 맞소. 비록 포로지만 나 또한 그 일에 적극 협조하겠소. 형님을 설득해 제국과 용자의 동맹을 반드시 성사시킬 것이오."

"뭐 좋아. 그렇게 할 수 있다면 다행이겠지. 그럼 그 일은 아이리스 네게 맡기겠다."

로이스는 얘기가 끝났다는 듯 자리에서 일어났다.

"난 이제 수련이나 할 테니 알아서 구체적인 계획을 세워 봐. 로디아와 스텔라도 최대한 협조해."

"예, 로드."

"맡겨 주세요."

아이리스와 로디아는 서로를 마주 보며 안도의 미소를 지었다. 또한 라테르와 세리나와도 시선을 마주치며 기뻐했다.

로이스는 다시 아무 일도 없었다는 듯 수련을 시작했다.

사실 로이스에게 있어서 사르곤 제국과 관련된 일들은 아주 사소한 영역에 불과했다.

그보다는 마왕들과 싸우는 게 우선이니까.

사르곤 제국 전체의 힘이라고 해 봤자 마왕 하나에도 미치지 못한다.

로이스는 이미 마왕 3명과 적대 관계에 있으며 장차 모든 마왕들과 적이 될 것이다. 심지어 그들의 두목인 불칸과도 전쟁을 벌이게 될 것이다.

앞으로 펼쳐질 그런 거대한 전쟁들에 비하면 사르곤 제국과의 전쟁은 애들 장난과도 같지 않겠는가.

부하들이 알아서 잘 처리해 준다면, 그런 사소한 일에 굳이 자신이 주도적으로 나설 필요는 없을 것이다.

*　　*　　*

이튿날 아침.

로이스가 잠에서 깨어나자 바람의 정령 라샤가 날아와 말했다.

"로이스 님, 토네이도가 완전히 물러갔어요."

"그걸 어떻게 알아?"

"저는 바람의 냄새를 통해 알 수 있어요. 이제 당분간 토네이도는 오지 않아요."

하긴 바람의 정령이 하는 말이니 틀리지 않을 것이다. 라샤는 처음 토네이도가 올 것도 미리 알아냈으니까.

로이스는 미소 지었다.

"그럼 이제 떠날 때가 된 건가?"

"그렇긴 하지만 토네이도로 인해 지형이 완전히 바뀐 상태라 문제예요."

라샤는 난감해하는 표정을 지었다.

그러고 보니 요새 밖의 정경도 매일 밤사이 완전히 달라지기 일쑤였다.

사방을 휘돌고 있던 물들이 흔적도 없이 사라지고 다시 땅이 드러난 상태였다.

그뿐이 아니다. 본래는 없었던 숲들도 보였다.

숲에는 마치 오래전부터 그곳에 자리하고 있던 것처럼 나무와 풀들이 무성했다. 그리고 숲에서 멀지 않은 곳에 그 끝을 모를 만큼 거대한 호수도 하나 보였다.

"어머나! 세상에!"

"근처에는 물이 사라졌어요. 온통 숲이 보이는군요. 저 멀리 호수도 있고요."

그사이 깨어난 아이리스와 로디아가 요새 밖을 바라보며 탄성을 질렀다.

"어떻게 이런 일이 벌어지는지 정말 신기해."

"우리의 상식으로는 이해할 수 없는 일이죠."

물론 어느 정도는 이런 일이 발생할 거라 예상한 터라 금세 적응하기는 했다.

그사이 퓨리는 바닥에 지도를 그렸다. 이곳 요새에서 아스피스 성까지의 지형이 그려져 있는 지도였다. 이는 그녀에게 위임된 미스토스를 소모해 가능한 것으로, 로이스에게 이미 허락받은 터였다.

지도는 바닥에 그렸지만 마치 실제 지형을 축소해 놓은 것처럼 정교하게 보였다.

아스피스 성의 북쪽에 거대한 호수가 생겨났는데, 현재 로이스가 있는 요새는 그 호수의 건너편에 위치해 있었다.

"호수를 돌아가려면 시간이 훨씬 더 걸리겠는걸. 배를 만들어 타고 가는 게 어때?"

"좋은 생각이에요. 서쪽 숲을 통해 빙 돌아가면 못해도 한 달은 걸리겠지만, 배를 만들어 이동하면 이틀 정도면 충분해요."

지도를 보고 이동 시간을 예측하는 건 라샤의 담당이었다. 호수의 동쪽은 지도에 그 끝이 나오지도 않았다. 그나마 서쪽은 경계가 나타나 있는데, 그 경계를 따라 육로로 이동하면 한 달 가까운 시간이 걸린다는 것이었다.

"잠깐만요. 혹시 공간 이동이 가능한지 살펴볼게요."

"공간 이동? 그럼 단번에 아스피스 성으로 귀환할 수 있다는 뜻이야?"

"마법진을 그릴 수만 있다면 가능해요."

로디아 정도 되는 마법사라면 좌표를 모르더라도 지도를 보고 원하는 위치로 가는 공간 이동 마법진을 그리는 것은 어렵지 않다.

곧바로 로디아는 지도에 있는 아스피스 성 쪽을 향해 공간 이동 마법진을 그리려 해 보았지만 실패했다.

'이런. 역시 안 되는 것일까?'

샤론 대륙에서 공간 이동이 불가능한 것은 아니다.

이미 그녀가 첫 번째 토네이도를 피하기 위해 공간이동 마법진을 그려 본 적이 있기 때문이다.

다만, 그때는 가까운 임의의 장소로 이동하는 것일 뿐 원하는 장소는 아니었다.

'다른 마법진은 모두 가능한데 공간 이동은 뜻대로 되지 않으니 뭐가 문제인 것일까?'

그렇다고 임의의 장소로 이동하는 마법진을 또 펼칠 수는 없는 일이다.

사실 그런 방식의 공간 이동은 매우 위험한 모험이라 웬만큼 극한 상황이 아니고서는 펼쳐서는 안 된다. 그 임의의 장소에 어떤 위험이 도사리고 있을지 모르기 때문이다.

설령 안전한 장소로만 이동한다 해도 원하는 방향이 아닌 엉뚱한 방향으로 이동될 수도 있다. 아스피스 성에서 오히려 멀어질 수도 있는 것이다.

로디아는 머쓱한 표정으로 말했다.

"죄송해요. 공간 이동 마법진으로는 안 되겠어요."

"죄송할 것까지야. 그럼 배를 타고 가는 게 최선이겠군."

"그렇죠."

문제는 과연 배를 어떻게 만드느냐는 것!

배 만드는 시간이 오래 걸린다면 차라리 그냥 숲을 돌아서 이동하는 게 나을 것이다.

그러자 라크아쓰가 기다렸다는 듯 크게 외쳤다.

"배라면 염려 마십시오. 제게 맡겨 주시면 잠깐이면 만들 수 있습지요. 케케케!"

로이스의 두 눈이 커졌다.

"잠깐? 정말 그렇게 빨리 배를 만들 수 있어?"

"이곳에 있는 인원이 탈 정도의 배 정도는 금방 완성될 겁니다요."

라크아쓰는 대략적인 배의 모습을 바닥에 그려 보여 주었다. 긴 통나무들을 거미줄로 엮어 만든 커다란 뗏목의 형태였다.

"뭐 그럭저럭 물에 뜰 수는 있겠군. 근데 이걸로 과연 호수를 건널 수 있을까?"

"케케케! 호수뿐이 아니라 바다도 충분히 오갈 수 있지요. 모두가 부지런히 노를 저으면 제법 속도가 나올 것입니다."

하긴 바다는 몰라도 호수를 건너는 데는 별 무리가 없을 것이다. 모두 잠도 자지 않고 부지런히 노를 저어야겠지만.

슥슥슥.

그러자 이번에는 로디아가 바닥에 그림을 그렸다.

"그보다는 이게 어때요?"

그녀가 그린 그림은 자그만 범선으로 수십여 명이 탑승할 만한 규모였다. 라크아쓰의 뗏목과는 차원이 달랐다.

로이스가 눈을 반짝였다.

"괜찮긴 하지만 이런 걸 만들려면 시간이 꽤 걸릴 텐데."

"정령들과 네이더들이 도와주면 하루 정도면 충분해요."

불과 하루 만에 이런 훌륭한 배가 만들어진다니! 모두가 놀라는 표정을 지었다. 아이리스가 미소 지었다.

"로디아라면 가능한 일이에요. 어쩌면 하루가 안 걸릴 수도 있어요."

"좋아. 그럼 당장 만들기 시작해. 이 배를 타고 호수를 건너 아스피스 성으로 가겠다."

"예, 로드."

"그보다 내가 도울 건 없어?"

"일단 통나무를 다듬은 목재가 많이 필요해요."

로디아는 바닥에 범선의 설계도를 그려 보였다. 계속해서 필요한 자재들의 모양과 수량도 적었다. 꽤나 복잡해 보이는 데 그런 걸 아무렇지도 않게, 그것도 순식간에 계산해 내는 걸 보면 과연 머리가 좋은 모양이었다.

그중 가장 많이 필요한 게 통나무를 다듬은 목재였다.

"후후, 통나무는 내게 맡겨."

로이스가 차크람을 한 번만 휘돌리면 나무 수백 그루를 잘라 낼 수 있다.

그런데 작은 범선이다 보니 그 정도의 나무는 필요하지 않았다.

슈슈슈슉! 서걱! 서걱! 서거거걱!

눈 깜짝할 사이에 십여 그루의 거대한 나무들이 잘려 나갔고, 그것들이 일정한 크기의 통나무로 변해 바닥으로 널브러져 내렸다.

슥삭! 슥삭! 슥삭—

계속해서 로이스는 스텔라와 함께 그것들을 정교하게 다듬었고, 네이더들은 다듬어진 목재들을 한쪽으로 날라 거미줄로 묶었다. 그사이 라크아쓰 또한 로디아의 지시에 따라 특유의 천 짜기 기술로 돛과 밧줄을 만들었다.

슥슥슥. 탁탁탁. 쾅쾅쾅쾅!

번쩍! 번쩍! 번쩍!

로디아와 아이리스는 배의 내구도 강화와 방수 처리 등을 위해 목재 자체에 부지런히 마법 주문을 깃들였다. 정령들은 조립을 도와주었다.

그러다 보니 하루가 아니라 반나절도 안 되어 그럴듯한 자그만 범선 하나가 완성됐다. 천재 마법사 로디아와 정령들, 네이더들의 합작이 만들어 낸 사기적인 성과였다.

"하하하! 멋진걸. 이 정도면 한 번 쓰고 버리긴 아깝겠어."

"생각보다 훨씬 빨리 만들어졌어요. 모두 로드께서 목재를 빨리 만들어 주신 덕분이에요."

"다들 열심히 한 덕분이야. 그럼 곧장 배에 오르도록 해."

"예, 로드."

로이스의 지시에 모두들 범선으로 이동했다. 키는 라크아쓰가 잡았고, 그의 부하 네이더들이 돛을 담당했다. 사실상 네이더들이 선원인 셈이었다.

후갑판 쪽에는 작은 창고도 있었는데 거기에는 로이스가

스켈레톤 로드를 해치우고 획득한 상자들이 쌓여 있었다.

스스스스.

모두가 배에 오르자 한동안 로이스 등이 머물렀던 요새는 그대로 먼지로 변해 흙으로 돌아갔다.

"출발!"

곧바로 라샤가 바람을 일으켰다. 그 바람이 돛을 밀어내니 범선은 빠르게 나아갔다.

촤아아아—

"범선이 훌륭해서 이 속도면 생각보다 빨리 도착하겠어요! 좀 더 힘을 내 볼까요?"

"무리하진 마."

"호호, 염려 마세요, 로드!"

라샤가 더 강한 바람을 일으키자 범선의 속도가 빨라졌다.

'바람의 정령이 있으니 무척 편하군.'

로이스는 흐뭇하게 미소를 지었다. 라샤뿐 아니라 물의 정령 퓨리, 땅의 정령 아리스, 불의 정령 신디 모두 이번 로이스의 출정에서 많은 역할을 해 주었다.

따라서 다음 출정에도 정령들을 꼭 데려갈 생각이었다.

'그나저나 아스피스 성에는 별일 없는지 모르겠네.'

스켈레톤 로드 토벌에 예상보다 몇 배 이상의 시간이 소요된 데다 토네이도까지 만나 귀환이 많이 지체된 터였다. 긴 시간 자리를 비웠으니 걱정이 될 수밖에 없었다.

*　　*　　*

아스피스 성 북쪽 망루.

그곳엔 아시엘과 타르파가 전방을 불안한 표정으로 지켜보고 있었다.

대체 저 짙푸른 호수 위에 시커멓게 떠 있는 전투선들의 정체는 무엇이란 말인가?

최근 갑작스레 몰아닥친 죽음의 폭풍 토네이도!

다행히 미스토스 결계로 인해 아스피스 성은 아무런 피해도 입지 않았지만, 성 주변의 지형은 완전히 뒤바뀌었다.

성의 북쪽 외곽으로 마치 바다를 연상케 하는 거대한 호수가 생겨났던 것이다.

거기서 끝이 아니었다.

토네이도가 물러간 지 불과 반나절도 되지 않아 성의 북쪽으로 수많은 전투선들이 나타나기 시작했던 것이다. 그 배들 위에는 자줏빛 피부의 리자드맨들이 무장을 갖춘 채 타고 있었다.

수백 척의 전투선!

각각의 배마다 수십 명의 리자드맨들이 타고 있으니, 언뜻 잡아도 1만은 되어 보이는 병력이었다.

"저 리자드맨들은 피부가 특이하네요."

"왠지 느낌이 좋지 않습니다, 아시엘 님."

타르파가 안경을 고쳐 쓰며 얼굴을 굳혔다. 그러자 아시엘이 그를 쳐다봤다.

"뭔가 짚이는 바가 있나요?"

"그냥 불길한 느낌입니다. 마치 보지 말아야 할 것을 보았을 때와 같은 꺼림칙한 느낌말이지요."

"저기 있는 마족들에게서 나오는 사악한 기운 때문일 거예요."

아시엘이 정확히 어떤 한쪽을 가리켰다.

수백 척의 전투선들이 위치해 있는 중앙. 그곳에는 보통의 전투선보다 수십 배는 큰 전함이 한 척 보였는데, 그곳 갑판에 거대한 몸체를 가진 괴수 둘이 팔짱을 낀 채 아스피스 성을 노려보고 있었다.

아시엘은 한눈에 그 두 괴수가 마족임을 알 수 있었다.

그들로부터 엄청난 마기가 느껴졌기 때문이다.

그러나 타르파는 고개를 흔들었다.

"이 불길한 느낌은 그런 유의 것이 아닙니다. 부디 제가 우려하는 그런 것이 아니길 바랄 뿐입니다."

전방을 쏘아보는 타르파의 두 눈에서 알 수 없는 강렬한 기운이 느껴졌다.

그 모습을 본 아시엘이 고개를 갸웃했다.

'요즘 들어 조금씩 타르파가 달라지고 있는 것 같아.'

타르파는 여전히 보통 때는 실없이 농담을 하거나 어수룩한 표정을 하기도 하지만, 지금처럼 전에 없이 진지한 모습을 보여 주는 경우가 점점 많아졌다.

그리고 그때마다 그에게서 알 수 없는 강렬한 기운이 느껴졌던 것이다.

'설마 총사로서 각성을 하려는 것일까?'

용자의 집사가 아닌 총사로서의 각성 말이다. 그렇게 되면 타르파가 지금은 할 수 없는 많은 일들을 할 수 있다고 장담해 왔기에 아시엘은 내심 기대 중이었다.

"그 우려하는 그것이라는 게 뭐죠, 타르파?"

"음…… 그건 그러니까 그것이…… 하핫, 갑자기 또 생각이 안 납니다. 에구! 죄송합니다, 아시엘 님."

타르파는 뭔가가 떠올랐다가 이내 사라져 버렸다는 듯 머리를 긁적이며 어색한 표정을 지었다. 지금의 그에게는 조금 전 보여 줬던 강렬한 기운은 찾아볼 수 없었다.

'역시 내가 공연한 기대를 한 거야.'

아시엘은 속으로 실망이 되었지만 짐짓 미소를 지었다.

"괜찮아요. 천천히 생각하다 보면 또 떠오르겠죠."

그런데 그때였다. 망루를 향해 누군가 휙 날아올라 그들 앞에 서는 것이었다. 황금빛 머리카락을 가진 미소년. 그는 아시엘 앞에 정중히 고개를 숙였다.

"용자 아시엘 님을 뵙습니다!"

"당신은?"

다름 아닌 마족 란델이었다. 로이스의 부하인 그는 그동안 릴리아나의 꽃밭 안에서 지내며 밖으로 나오지 않았었다.

그런데 정체불명의 적들이 나타나자 아시엘을 지원하기 위해 나온 것이다. 아마도 릴리아나가 란델을 내보낸 모양이었다.

아니나 다를까.

"릴리아나 님께서 제게 아시엘 님을 도우라 명하셨습니다. 그리고 지금 나타난 적은 타락한 용자의 세력이니 전력을 다해 방어해야 한다고 하셨죠."

"뭐라고요?"

아시엘은 경악했다. 타락한 용자라니?!

타르파 역시 얼마나 놀랐는지 고개를 홱 돌리다 안경을 떨어뜨릴 정도였다.

"지금 뭐라 했습니까? 타락한 용자라고요? 그게 정말입니까, 란델 경?”

“예. 릴리아나 님께서 분명 그리 전하라 하셨습니다.”

란델 또한 잔뜩 긴장된 기색이었다.

용자들 중에서 수호자로서의 사명을 잊어버리고 사악한 짓을 일삼는 이들을 일컬어 타락한 용자라 한다.

이들은 때로 마왕과 한 패거리가 되어 다른 용자를 공격하기도 할 뿐 아니라, 자신이 수호해야 할 인간이나 이종족들을 약탈하기도 하는 등 온갖 패악한 짓을 저지른다 했다.

특히 용자에게 있어 타락한 용자는 가장 무서운 적 중 하나였다.

그 이유는 타락한 용자 역시 미스토스를 다룰 수 있기 때문이었다. 그것도 아주 능숙하게!

아무리 대단한 마왕이라도 미스토스의 결계를 무력화시키지는 못하는 반면, 타락한 용자는 그것이 가능했으니!

용자에게 가장 무서운 적은 타락한 용자일 수밖에 없는 것이다.

“으으! 이럴 수가! 제가 우려했던 것이 바로 그것이었습니다, 아시엘 님. 큰일입니다. 어떻게 벌써 저런 무서운 적들이!”

타르파가 양손으로 머리카락을 움켜쥔 채 몸을 떨었다.

그렇다. 잠시 떠올랐다가 사라지긴 했지만 그는 본능적

으로 타락한 용자의 세력이 아스피스 성을 침공해 오고 있음을 직감한 것이었다.

아시엘이 안색을 굳혔다.

"정신 차려요, 타르파! 적이 마왕이건 타락한 용자이건 우리는 맞서 싸워야 해요. 두려워할 것 없어요."

그녀는 이전의 겁 많던 삼공주 아시엘이 아니었다. 이제는 그 어떤 적이 몰려와도 두려워하지 않는 용맹한 의지를 가지게 되었다.

설령 적이 훨씬 강하고, 그로 인해 아스피스 성이 무너지는 상황이 벌어질지라도 적 앞에서 두려워 떨며 전의를 상실하는 일은 없을 것이다.

아시엘의 호통에 타르파가 흠칫하더니 이내 진정했다.

"죄송합니다. 제가 너무 놀라서 그만 실수를 했군요."

"지금 즉시 가용한 미스토스 용병들을 모두 소환하도록 해요. 또한 미스토스 결계를 최대한으로 유지시키고요."

그러자 타르파가 이내 침울한 표정으로 고개를 흔들었다.

"미스토스 용병은 부를 수 있지만 결계는 통제가 되지 않습니다. 아니 이미 흩어지기 시작했습니다."

"그게 무슨 말이죠, 타르파? 설마 그럼?"

아시엘이 뭔가를 직감한 듯하자 타르파가 침중하게 고개

를 끄덕이며 대답했다.

"타락한 용자가 가진 가장 무서운 점이 바로 이것입니다, 아시엘 님. 잠시 후면 미스토스 방어 결계는 완전히 사라지고 말 것입니다."

"그럼 어서 미스토스 용병을 최대한 불러요. 그리고 오후스와 이꼬트들에게도 이 사실을 알리고 지원 요청하고요. 무슨 일이 있어도 우리는 이 성을 지켜 내야 해요."

"예, 아시엘 님."

타르파는 환영처럼 그 자리에서 사라졌다.

그때 북쪽 성루 위에서 적을 노려보던 경비대장 스위니가 아시엘을 향해 다급히 외쳤다.

"적들이 몰려오고 있어요, 아시엘 님!"

그녀의 말대로였다. 지금까지는 전투선 위에서 마치 유람을 하듯 한가롭게 서 있던 리자드맨들이 그대로 성을 향해 다가오기 시작했던 것이다.

그때 전함의 선수에 있던 흑색 장발의 다크 엘프가 크게 외쳤다.

"후후후후! 저곳은 풋내기 용자의 성일 뿐이다. 오늘밤 우리는 저곳에서 용자의 피를 마시며 보물을 약탈할 것이다. 우리의 로드이신 위대하신 용자 제라칸 님께 저 성과 보물을 바치도록 하자!"

"쿠와아아아아!"

"쿠카카카카카!"

그러자 전함에 있던 거대한 괴수 형상의 마족 두 명이 크게 포효를 날렸다. 리자드맨들의 눈빛이 투지로 불타올랐다.

"키키키키! 용자를 죽이자!"

"크카카! 모조리 죽이고 성을 빼앗자!"

"끄기기긱! 캬캬캬!"

리자드맨들이 배에서 훌쩍 뛰어내렸다.

첨벙! 첨벙! 촤악! 차차차착!

경악할 만한 일은 그런 리자드맨들 중 다수가 물 위를 그대로 달려오고 있다는 것!

그러다 점차 수면 아래로 가라앉긴 했지만, 이내 훌쩍 뛰어올라 수면 위를 다시 딛고 뛰는 것이었다.

그것을 보고 아스피스 성벽 위에 있는 미스토스 용병들이 기겁했다.

"으! 저럴 수가! 리자드맨들이 물 위를 뛰어오고 있어!"

"그, 그뿐 아니야. 저기 있는 큰 괴수들은 마족이 분명해!"

"큰일이군. 로이스 님도 안 계시는데 누가 저 마족들을 이길 수 있다는 말인가?"

"으으! 저 많은 리자드맨들 좀 보라고! 우린 절대 이길 수 없어. 차라리 항복하는 게 나을 거야."

그 모습을 본 아시엘이 크게 외쳤다.

"두려워하지 말고 침착하게 싸우세요! 아스피스 성은 저따위 놈들에게 절대 무너지지 않아요! 우린 반드시 이겨요!"

그러자 미스토스 용병들의 눈빛이 조금 살아났다. 용자의 투지가 담긴 외침이 그들의 사기를 높여 준 것이다.

피유웅!

그 순간에 맞춰 경비대장 스위니가 전방으로 활을 쏘았다. 화살이 빛살처럼 날아가 선봉으로 달려오는 리자드맨의 왼쪽 눈에 박혔다.

팍—

"꾸어어억!"

리자드맨은 투구를 쓰고 있었지만, 스위니의 화살이 투구 아래 드러난 안면을 정확히 맞힌 것이다. 리자드맨은 맥없이 쓰러졌다.

피유웅! 피웅!

팍! 파악—

연이어 스위니가 다시 날린 2대의 화살이 그 뒤쪽에서 달려오던 리자드맨 2마리를 고꾸라뜨렸다.

"꿰에엑!"

"꾸억!"

그렇게 3마리의 리자드맨들을 쓰러뜨린 스위니가 미스토스 용병들을 향해 크게 외쳤다.

"다들 봤지? 저 리자드맨 놈들 별거 아니야. 우리가 충분히 이길 수 있다."

"우와아아!"

"와아아아!"

미스토스 용병들이 함성을 질렀다. 고작 적 셋이 쓰러졌을 뿐인데, 그것이 그들에게 큰 용기를 주었던 것이다.

"흐흐! 저 리자드맨 놈들 뭔가 대단한 줄 알았는데 고작 화살 한 방에 죽는군."

"제길! 우리도 못 죽일 거 없지. 한 번 해 보자고!"

"으하하하! 모조리 쓸어버리는 거야."

그렇게 사기가 상승하자 스위니는 다시 크게 외쳤다.

"궁수들은 즉시 활을 쏴라! 한 놈도 성으로 접근하지 못하게 해!"

"예, 대장!"

용병들이 일제히 사격을 개시했다.

핑핑피핑! 슈슈슉—

화살이 소나기처럼 날아가 리자드맨들에게 적중했다.

"쿠아아악!"

"케엑!"

"끄으윽!"

화살에 맞은 리자드맨들은 비명을 지르며 뒤로 넘어갔다. 그들의 사체는 물 아래 가라앉았다가 떠올랐다.

그러자 뒤에 오던 리자드맨들이 그 사체들을 다리 삼아 더 빨리 진격해 오는 것이었다.

"키키키키! 화살 따위 신경 쓰지 말고 진격하라!"

"크캬캬! 창을 던져라."

"모두 성벽 위로 뛰어올라 다 죽여라!"

리자드맨들은 앞의 동료들이 죽건 말건 눈 하나 깜빡하지 않았다.

두려움을 모르는 용맹한 종족답게 오히려 더욱 투지를 불태우며 달려왔다.

쉬쉬쉭! 파파팍—

"으아악!"

"크악!"

투창에 맞은 성벽 위의 미스토스 용병들이 일부 쓰러졌다.

그 틈을 이용해 리자드맨들이 더욱 사납게 성벽을 향해 돌진해 왔다.

미스토스 용병들은 그런 기세에 움찔했지만 스위니의 독려에 다시 화살을 쐈다.

“다들 머뭇거리지 말고 활을 쏴! 창병들은 성벽 위로 올라오는 리자드맨들을 찔러! 한 놈도 올라오지 못하게 해!”

“제길! 알았수, 대장!”

“에이잇! 이놈들 죽어랏!”

그사이 무더기로 쏟아지는 화살 비를 뚫고 성벽 위로 뛰어오른 리자드맨들도 있었다. 그들은 대기하고 있던 창병들과 검병들에 의해 즉각 죽임을 당했다.

그러자 전함 위에서 지켜보고 있던 다크 엘프가 비릿하게 웃었다.

“풋내기 용자 밑에 제법 용맹한 기사가 한 명 있긴 하군. 하지만 그래 봤자 내 앞에서는 한낱 아이들의 재롱에 불과할 뿐이다.”

곧바로 그는 다시 크게 외쳤다.

“나는 위대하신 용자 제라칸 님의 기사 하르켄이다. 풋내기 용자와 기사는 들어라. 지금이라도 항복을 한다면 목숨은 부지하게 해 주겠지만 저항하면 단 한 놈도 살려 두지 않겠다!”

병사들의 함성 소리와 비명들이 난무하는 전장 전체로 마치 우레처럼 울려 퍼지는 음성.

언뜻 보면 마치 신의 음성처럼 위엄이 깃들어 있었다.

미스토스 용병들은 그 음성을 듣자 몸을 떨었다. 마치 자신들이 저항해서는 안 될 절대자와 전투를 벌이는 것 같은 불안감에 휩싸였던 것이다.

순간 아시엘이 코웃음을 날렸다.

"닥쳐라! 타락한 용자의 기사 따위가 이곳이 어디라고 찾아왔느냐? 네놈이야말로 지금이라도 물러간다면 살 것이지만 분수를 모르고 끝까지 덤빈다면 전멸을 면치 못할 것이다!"

그 순간 미스토스 용병들을 두렵게 했던 알 수 없는 불길한 마음이 흔적도 없이 사라졌다. 다크 엘프 하르켄이 펼친 저주를 아시엘이 단번에 풀어 버린 것이다.

"와아아아! 리자드맨들 따윈 두렵지 않습니다!"

"제기랄! 어디서 타락한 용자의 기사 따위가 설치느냐?"

"으하하핫! 아스피스 성은 절대 무너지지 않는다! 모두 덤벼라!"

오히려 미스토스 용병들의 사기는 더욱 올라갔다.

하르켄은 인상을 찌푸리더니 한 손을 슥 휘저었다.

"너희가 나설 때가 됐군. 노릭스! 일단 네가 가서 저들의 예봉을 꺾어라."

"예, 하르켄 님!"

마족 중 하나가 하르켄을 향해 공손히 허리를 숙여 대답했다.

그가 바로 마족 노릭스! 머리는 도마뱀, 몸체는 곰의 형상을 가진 거대한 괴수였다.

노릭스는 거대한 장창을 번쩍 쳐든 채 수면 위를 달리며 외쳤다.

"쿠우하하하하핫! 풋내기 용자의 전사들 중에 나 노릭스와 싸워 볼 만한 배짱이 있는 놈 없느냐?"

그러자 아스피스 성은 일순 침울한 분위기에 휩싸였다.

미스토스 용병들 중 그 누가 마족과 맞서 싸울 수 있겠는가.

심지어 그동안 투지를 불태우던 스위니 역시 당황한 기색이었다.

"쿠하하하핫! 아무도 없나 보군. 그 성에는 겁쟁이들뿐인 건가? 그렇다면 내가 직접 가서 모조리 죽여 주마."

노릭스는 그대로 성을 향해 돌진했다. 그의 거대한 덩치로 볼 때 성벽쯤은 단숨에 뛰어오를 기세였다.

"으으! 우린 이제 끝장이구나."

"저, 저놈을 어떻게 막는다는 말인가?"

미스토스 용병들의 사기가 급락했다. 반면에 리자드맨들의 사기는 대폭 상승했다.

"키키키키! 저놈들이 떨기 시작한다."

"캬캬캬! 이때다. 모두 돌진해라!"

리자드맨들이 노릭스의 뒤를 따라 신나게 달려왔다.

바로 그 순간.

"너는 내가 상대해 주마."

노릭스의 앞에 훌쩍 내려선 황금발의 소년!

그는 물론 마족 란델이었다. 이제야 자신이 나설 때가 됐음을 알고 아시엘의 허락을 받아 즉각 출전한 것이었다.

순간 노릭스가 움찔 멈춰 섰다.

그는 본능적으로 란델의 정체를 알아봤다. 중급 마족인 노릭스를 위압하는 무서운 기세! 그것은 분명 상급 마족의 기세였으니!

"당신은 풋내기 용자의 밑에 있기엔 아까운 존재로군. 이런 곳에서 썩지 말고 용자 제라칸 님 밑으로 들어오는 게 어떻소?"

"크! 그런 일은 없어. 좋게 말할 때 꺼져라. 아니면 오늘이 네가 죽는 날이다."

그 말과 함께 란델의 신체가 거대하게 변했다. 미소년의 외모에서 거대한 원숭이 형상의 마족으로!

"와아아아!"

"오오오오!"

아스피스 성에서 환호성이 울렸다. 그들은 자신들의 진영에 저토록 강한 존재가 있을 줄 몰랐던 터라 그 기쁨이 더 컸다.

그러자 전함 위에 있던 또 하나의 마족 헬베스가 즉각 노릭스를 지원해 달려왔다.

“쿠쿠쿠쿠쿠! 이곳에서 상급 마족을 만나다니 의외로군. 하지만 그래 봤자 우리 둘을 당해 낼 수는 없을 것이다.”

그는 중급 마족 중에 최강의 능력을 지닌 터라 상급 마족 못지않은 전투력을 지니고 있었다.

“어리석은 놈들! 너희들은 오늘 상대를 잘못 골랐다!”

퍼억!

란델이 훌쩍 날아오르며 무릎으로 노릭스의 안면을 찍었다. 동시에 그 반동을 이용해 번개처럼 이동해 한 팔로 헬베스의 목을 휘감고 몸을 회전시켰다.

퍼퍼퍼퍽—

눈 깜빡할 사이에 헬베스의 안면이 피투성이로 변했다.

그러나 헬베스는 별다른 타격을 입지 않은 듯 코웃음을 치고는 란델을 바닥에 내동댕이쳤다.

콰앙! 촤아아아—

그사이 안면을 복원한 노릭스가 수면 아래 바닥까지 처박힌 란델을 향해 달려들었다.

꽈아악! 으드득!

노릭스의 입이 란델의 팔을 물어뜯었고 헬베스의 주먹은 란델의 머리를 마구 강타했다.

퍼퍼퍽! 쾅쾅쾅!

순식간에 만신창이로 변한 란델! 그러나 그는 금세 그들의 포위에서 벗어나 반격을 가했다. 헬베스의 한쪽 팔을 부러뜨림과 동시에 노릭스의 머리를 다시 박살 냈다.

그렇게 란델이 마족 두 명에게도 밀리지 않고 오히려 승세를 보이자 아스피스 성의 사기는 충천했다. 미스토스 용병들은 함성을 날리며 화살을 쏘고 검을 휘둘렀다.

"우와아아아!"

"크하핫! 승리는 우리 것이다!"

"리자드맨 놈들을 다 죽여라!"

리자드맨들의 사체가 아스피스 성의 성벽 아래 쌓였다. 두려움을 모른다는 용맹의 종족 리자드맨들도 자신들의 마족 장수들이 밀리자 서서히 공포를 느끼기 시작한 듯 공격에 소극적이었다.

결국 다크 엘프 하르켄이 허리에 있는 두 자루의 검을 각각 양손에 뽑아 들고는 싸늘히 웃었다.

"설마 나까지 나서게 될 줄은 몰랐군. 풋내기 용자의 밑에 마족이 있었다니 의외야."

그는 즉각 란델부터 처치할 생각이었다. 그러나 그쪽으로 접근하기 전 그의 앞을 가로막는 존재가 있었으니.

푸른 머리카락 아래 하얀 피부를 가진 소녀.

두 눈은 에메랄드빛으로 번쩍였다.

그녀는 이꼬트들의 보호수인 오후스였다. 등 뒤로 푸르고 거대한 나무의 환영이 후광처럼 빛나고 있었다.

"하르켄! 넌 내가 상대하겠다."

순간 하르켄은 흠칫 놀랐다. 그러다 이내 오후스의 정체를 간파하고는 더욱 놀랐다.

"빌어먹을! 마족은 그렇다 치고 너와 같은 희귀한 존재까지 이곳 성에 있다니 정말 의외로구나."

"닥쳐."

오후스가 오른손을 움직이는 순간 푸른색의 거대한 나뭇가지들이 하르켄을 포위했다. 하르켄은 잽싸게 쌍검을 휘둘러 포위에서 벗어났다.

번쩍! 파팟—

이어서 그의 쌍검에서 발출된 검붉은 빛이 오후스의 목과 심장을 노렸다. 오후스는 침착하게 나뭇가지들로 막을 형성해 그것을 막았다.

쾅! 콰앙!

폭음이 울리며 오후스는 뒤로 살짝 물러났고 그사이 하

르켄은 쌍검을 휘두르며 그녀를 정신없이 몰아붙였다.

"크크크! 그만 끝내 주마!"

그러나 오후스 역시 일방적으로 밀리지는 않았다.

"흥! 네 뜻대로는 안 될 것이다."

하르켄은 일순간 나뭇가지들이 자신을 포위한 것을 깨닫고는 인상을 찌푸린 채 뒤로 물러나야 했다.

"제기랄! 귀찮게 하는군. 이번엔 진짜로 죽여 주지!"

"그건 내가 할 소리야."

그렇게 하르켄과 오후스가 서로 일진일퇴를 거듭하며 박빙의 승부를 펼치는 사이 호수의 북단에 정체불명의 범선 한 척이 나타났다.

〈다음 권에 계속〉